나의 서툰 위로가

_____에게 닿기를

언제나 마음 깊이
응원합니다.

나의 서툰 위로가 너에게 닿기를

나의 서툰 위로가

너에게 닿기를

선미화 글·그림

시그마북스
Sigma Books

나의 서툰 위로가 너에게 닿기를

발행일 2020년 2월 10일 초판 1쇄 발행
          2022년 11월 25일 초판 6쇄 발행
글·그림 선미화
발행인 강학경
발행처 시그마북스
마케팅 정제용
에디터 최윤정, 최연정
디자인 김문배, 강경희

등록번호 제10-965호
주소 서울특별시 영등포구 양평로 22길 21 선유도코오롱디지털타워 A402호
전자우편 sigmabooks@spress.co.kr
홈페이지 http://www.sigmabooks.co.kr
전화 (02) 2062-5288~9
팩시밀리 (02) 323-4197
ISBN 979-11-90257-23-7 (03810)

* 시그마북스는 (주)시그마프레스의 단행본 브랜드입니다.

나는 언제 위로를 받을까 생각해보면
명쾌한 해결방법이나 조언을 들을 때보다
누군가 가만히 나의 이야기에 귀 기울여 줄 때인 것 같아.

때로는 많은 말보다 아무 말 없이 옆에 있는 것만으로
위로를 받기도 해.
아무도 없을 것 같은 외로움 속에
그저 옆에 있는 한 사람이 나를 지탱해 주기도 하지.
그래서 요즘의 우리는
옆에서 말없이 눈을 반짝이는 반려동물에 위로를 받고
누군가 무심히 올린 일상의 모습에 힘을 내기도 하나봐.

혼자라고 느낄 때
나를 혼자두지 않았던 그것들은
일상의 무심함으로 다가와
선뜻 쉬어갈 수 있는 어깨를 내주었지.

나도 그렇게 기대어 쉬어갈 수 있는
한쪽 어깨를 내어주고 싶었어.
혼자라 느끼지 말라고 전하고 싶었어.

차례

둘. 익숙한, 하지만 조금은 낯선

셋. 함께여서 다행이야

넷. 잠시 멈춰야 하는 이유

하나. 나에게 전하는 위로

삶에는 내가 할 수 없는 일이 있다는 걸,
애를 써도 안 되는 일이 있다는 걸,
그걸 인정하는 용기가 필요해.

어떤 날의 감기

가끔 잘 살고 있는 걸까 하는 의문이
머릿속을 가득 채울 때가 있어.

그럴 때면 이대로 살아도 괜찮을까 하는
삶에 대한 불안감이
불쑥 솟아오르지.

한 치 앞도 내다볼 수 없는 삶이기에
생기는 어쩌면 당연한 불안이지만
그럼에도 지금까지 살아온 모든 삶이
잘못된 것만 같아 까마득해져.

이러한 순간은 문득 이 세상 혼자인 것만 같은 늦은 밤에,
오랜만에 만난 친구와 헤어지고 돌아오는 집 앞 골목길에서,
언제나 죄송한 마음뿐인 부모님 앞에서
불쑥 그리고 특별히 어떻게 해볼 방법도 없이 나타나.
익숙하지만 언제나 낯선 그것과 마주하게 되는 순간은
매번 또 당황스러워.

어떻게 하면 빨리 지나갈까,
불안함의 이유가 무엇일까 하는 생각으로

나의 서툰 위로가 너에게 닿기를

우 리 모 두 그 렇 게

간 절 하 게 살 아 가 고 있 어.

까만 밤을 하얗게 새울 때면
외로움과 불안함에 채우지 못한 마음을 담아
한 장의 그림을 그려.

마음에서 오는 결핍이든,
경제적인 어려움에서 오는 결핍이든,
관계로 인한 결핍이든
그것은 그것을 채우기 위한 간절함으로 용기 낼 수 있게 해.
간절함에서 비롯된 용기는
문득 찾아오는 불안함을 또다시 견뎌낼 수 있게도 하지.
그것이 나에게는 그림이 되고
누군가에게는 음악이며 여행이며 사랑일 거야.

우린 모두 그렇게 간절하게 살아가고 있어.

삶은 영화 같지 않다는 것

삶은 영화 같지 않을까 생각했어.
블록버스터급은 아니어도 소소한 감동 정도는 있지 않을까 혹은
노력하면 결국 어떤 식으로든 결실을 맺지 않을까 하는 막연한
기대도 있었어.

하지만 삶은 영화가 아니야.
확실한 기승전결이 있는 것도 아니고 어려운 고난이 닥쳤을 때
상황을 역전시킬 만한 기막힌 반전이 숨어 있지도 않아.

물론, 살다 보면 영화 같은 혹은 비슷한 일들이 생기기도 해.
하지만 그런 일이 있었다고 해서 현실이 극적으로 바뀌지는 않
아. 알고 보면 그저 많은 사람들이 겪고 있는 보통의 일일 뿐이
지. 백마 탄 왕자님을 만난다거나 보물이 가득 찬 상자를 찾아낸
다거나 하는 일들을 바라지는 않지만 그래도 항상 발단, 전개, 위
기, 절정, 결말 중에 위기에서 멈춘 것 같은 인생을 생각하면 쓸
쓸하기만 해.

그럼에도 삶이 재미있는 건,
클라이맥스 같은 순간이 지나고
반전에 반전을 거듭해도 절대 끝나지 않는다는 거야.
아무리 많은 총알을 맞아도 절대 죽지 않는 영화 속 주인공처럼

그저 매 순간 보물찾기하듯

각자 인생의 조각을 찾아가야만 해.

그렇게 각자의 영화 같은 삶을 보통의 순간들로 채우며 살아가.

삶은 매 순간이 발단이고 전개고 위기고 절정인 것 같지만
한 명의 주인공이 고군분투하는 영화 속 장면들처럼
나 혼자만 겪고 있는 일도 아니고
위기의 순간에 구하러 오는 히어로도 없어.
심지어 그다지 친절하지도 않아.
순간순간 물음표 가득한 질문만 남겨놓은 채
정답을 알려주지 않아.
오히려 선택의 순간을 앞에 던져놓고 언제 그랬냐는 듯
시치미 떼고 도망가 버리기 일쑤지.

하지만 삶은 생각지 못한 순간에 답을 꺼내 보여주기도 해.
그것은 길가에 핀 들꽃 같아서
자세히 보지 않으면 놓치고 지나갈 수도 있어.
그저 매 순간 보물찾기하듯
각자 인생의 조각을 찾아가야만 해.

그건 영화 속 주인공처럼 스스로 해야만 하는 일이야.

균형 잡기

삶에서 중요한 것 중 하나가 '균형'이야.
마음과 마음 사이의 균형,
사람과 사람 사이의 균형,
일과 쉼 사이의 균형.

이 중 어느 것이라도 흐트러지면 삶 전체가 흔들리게 돼.

마음의 균형을 잡지 못하면
사람 사이의 관계가 흔들리고,
일과 쉼 사이의 균형이 흔들리면
일상이 흔들려.

'그럼, 이렇게 말하는 나는 그런 균형을 잘 잡고 살고 있을까?'
좋아하는 일이 직업이니 일과 쉼 사이의 경계는 모호하고
나보다 남이 우선일 때가 많아 종종 마음이 다치기도 해.
아직은 완벽하게 균형을 이루며 살고 있다고는
장담하지 못하겠어.
하지만 이런 연습과 넘어짐도
균형만큼이나 삶의 중요한 순간이지 않을까.

갓난아기가 제대로 서서 걷고 뛰기까지는,

삶의 균형을 잡기 위해서도
많은 연습과 넘어짐의 순간이 필요해.

엄마의 손을 잡고 한 발자국씩 걷는 연습이 필요하고
때로는 혼자 일어서려다 넘어져 우는 아픔을 겪기도 해.
그렇게 넘어지고 일어서기를 반복하다 보면
어느새 스스로의 힘으로 걷는 순간이 오지.

삶의 균형을 잡기 위해서도
많은 연습과 넘어지는 순간이 필요해.

때로는 누군가의 도움을 받기도 하고
넘어지기도 하면서
그렇게 삶의 균형을 찾아가는 거야.

마음의 그림자

그림을 그릴 때 중요하게 생각하는 부분 중 하나가
'그림자'야.
대상의 그림자를 제대로 표현하지 않으면
자칫 그림이 밋밋해지고 깊이감도 떨어지거든.
그림자의 방향이나 농도, 길이로 빛의 양을 조절하거나
특별한 분위기를 연출할 수 있어.

이처럼 그림자의 역할은 생각보다 중요하지만,
많은 사람들이 그림을 볼 때
그림자를 주의 깊게 보기는 쉽지 않아.
그저 그림자로 인해 부각되는 부분을 볼 뿐이야.

사람의 마음도 그래.
누구나 깊고 어두운 마음이 존재하지만
보통은 예쁘게 반짝거리는 부분만 보여지길,
그리고 그것만 보길 원하지.

햇살이 밝게 비추는 날일수록 그림자는 더 깊고 짙어져.
그리고 그림자가 더 깊고 단단하게 받쳐줄 때
밝음이 더 밝게 보일 수 있어.

언제나 뒤에 있어 제대로 마주하기 힘들지만
그래도 가끔 고개를 돌려 바라볼 필요가 있는 것 같아.
여전히 인정하기 어렵고 마주하고 싶지 않을 때가 많지만
그것마저도 온전히 나를 이루고 있는 거잖아.

마음의 그림자는,
그리고 그런 그림자를 만드는 어떤 일들은
삶을 더욱 깊고 견고하게 만들어줘.

마음의 그림자는,

그리고 그런 그림자를 만드는 어떤 일들은
삶을 더욱 깊고 견고하게 만들어주지.

매번은 아니고, 가끔

흘려버리지 않고 모든 것을 담아두기에는
주변에 너무 많은 말들이 떠돌아다녀.
그래서 가끔은 한 귀로 듣고, 한 귀로 흘리는
내공이 필요하지.
이것도 맞고 저것도 맞는 것 같지만
나의 인생과는 다른 인생에 대한 이야기여서
이것도 아니고 저것도 아닐 수 있거든.

섣부른 조언에 자신을 맞춰가다 보면
맞지 않아 불편한 옷을 입은 것 같은 상황과 마주하게 돼.
그리고 그건 정말 답도 없어.

주변의 떠도는 어떤 말보다
그저 말없이 기다려주는 믿음이 필요할 때가 있어.
그것은 다른 사람뿐 아니라 자신에게도 마찬가지야.

생각해보면
자신을 가만히 기다려줄 수 있는 믿음이 필요한 순간은
꽤 많아.

자신을 가만히 기다려줄 수 있는 믿음이 필요한 순간은 꽤 많아.

이래도 괜찮지 않을까

추운 날에도 치마를 즐겨 입던 내가
언젠가부터 바지를 즐겨 입고
하이힐만 찾던 내가
이제는 편한 운동화만 신어.
집 앞에 나갈 때조차 화장기 없는 맨 얼굴이 불편했는데
이제는 꼭 그렇지만도 않아.

중요하다 싶고 그래서 꽤나 신경 썼던 일들이
그다지 중요한 건 아니었다는 생각이 들어.

이래도 될까 싶지만 어느 순간 이러면 어때, 싶어.

중요하다 싶고 그래서
꽤나 신경 썼던 일들이
그다지 중요한 건 아니었다는
생각이 들어.

마음의 나이

아직도 종종 쓸데없는 일에 에너지를 쏟을 때가 있어.
마음 쓰지 않아도 되는 사람에게 마음을 쓰고
굳이 안 해도 되는 일들에 치열하게 덤벼들기도 해.

그래서 밤늦도록 이불을 걷어차며 후회도 하고
술잔을 기울이다 눈물 콧물을 쏟아내기도 하지만
한편으론 쓸데없는 일이라는 것이 어디 있을까 싶어.

아직도 진심을 다할 수 있다는 것,
그런 마음이 내 안에 있다는 것,
그리고 그 마음을 아까워하지 않는다는 것,
그것으로도 충분하지 않을까.

그런 마음을 잃어버리는 순간,
그래서 모든 것들에 무관심해지는 순간,
마음을 쓸 만한 일과 그렇지 않은 일을 나눠 생각하는 순간,
그렇게 마음의 나이도 들어버리는 게 아닐까.

아직도 진심을 다할 수 있다는 것,
그런 마음이 내 안에 있다는 것,
그리고 그 마음을 아까워하지 않는다는 것,

그것으로도 충분하지 않을까.

잊힌 기억이 이끄는 곳

크고 나니 어린 시절 무슨 일이 있었는지
기억나지 않을 때가 많아.
한 장의 스냅사진처럼
짤막한 순간의 기억만이 남아 있을 뿐이야.
하루하루 담아내야 할 것들이 많은 일상 속에 살고 있으니
그럴 수도 있겠다 싶지만
잊혀가는 순간들이 아쉽기도 해.

한편으로는 잊을 수 있어 다행이다 싶은 것들도 있어.
혼자 떠난 여행에서의 외로움이나 불편함,
헤어진 옛 연인과의 추억,
아프고 힘들었던 날들의 기억들이 그렇지.
잊은 건지 무뎌진 건지 헷갈릴 때도 많지만
그렇게 잊을 수 있으니
다시 떠날 것에 설레고 새로운 사랑을 기다리며
행복한 날을 꿈꿀 수 있는 것 아닌가 싶어.

종종 기억은 삶을 움직이기도 해.
이것은 남겨진 기억에만 해당되는 것은 아닐 거야.
때로는 잊힌 기억이 이끄는 곳이 있어.

종종 기억은 삶을 움직이기도 해.

슬픔을 안고
살아가는 사람

문득 사람은 무수히 많은 눈물방울을 안고
살아간다는 생각이 들었어.
그 눈물방울들이 모여
한 사람을 이루는 건 아닐까 싶을 만큼
들여다보면 그렇게 힘겹게 살고 있는 것 같아.

그래도 다행인 건
시간이 지날수록 눈물방울이 견고해진다는 거야.
어쩌지 못하고 쏟아낼 수밖에 없던 눈물을
이제는 마음으로 꿀떡 삼킬 수 있을 만큼
그렇게 강해졌어.

그렇게 모인 눈물들로 인해
마음은 단단하고 견고해지지만,
더 이상 둘 곳 없어 쌓여버린 슬픔으로
마음이 답답해지기도 해.

쏟아내지 않은 눈물 때문에
답답해진 마음을 녹여낼 수 있는 건
모순되게도 이제껏 참아왔던 눈물밖에 없어.
그러니 한 번씩은 엉엉 울어도 돼.

쏟아내지 않은 눈물 때문에
답답해진 마음을 녹여낼 수 있는 건
모순되게도 이제껏 참아왔던 눈물밖에 없어.

쏟아내면 무너져버릴 것 같아 참고 참아내지만
한 번씩은 무너지는 것도 괜찮다 싶어.
그렇게 와르르 무너져버리면
또 한 번 새롭게 쌓아 올리는 것도 쉬워지잖아.

편한 게 좋은 것만은 아니다

물리치료사에게 몸 상태에 관한 간단한 진단을 받을 기회가 있었어. 어깨와 목의 근육이 뭉쳐 아파하던 차에 웬 떡이냐 싶었지. 물리치료사는 이곳저곳 살펴보고 목과 어깨, 등을 잠시 만져보더니 자세에 관한 지적을 하기 시작했어.

한쪽 어깨가 내려가 있고 다른 한쪽 어깨는 앞으로 말려 있대. 그것이 목과도 연결돼 당연히 아플 수밖에 없다고. 그러면서 나에게 맞는 바른 자세를 알려주었는데 그게 평소 앉던 자세가 아니니 바른 자세라고는 하지만 너무 불편했어.

심지어 숨 쉬는 방법도 잘못됐다 하니 이건 난리도 아니지. 도대체 이 몸뚱이로 지금껏 어떻게 살았나 싶었어. 애써 바른 자세를 취해보기도 하고 배운 대로 제대로 숨 쉬어보려 하지만 하지 않던 것들이니 불편하기 짝이 없었어. 게다가 이 노력도 며칠 지나 잊어버리고는 다시 나만의 편한 자세로 돌아왔어.

지금껏 어떻게 살았나 싶지만
또 별 탈 없이 살았으니 익숙하고 편한 자세로
돌아온 거야.

비뚤어진 자세만큼이나 비뚤어진 시선으로

나쁘다는 것을 알지만 특별히 눈에 보이는 피해가 없으니
또 모른 척 그렇게 살아가는 거지.

어찌 보면 편한 게 좋은 것만은 아닌 것 같아.

타인을 관찰하고 세상을 저울질할 때도 많아.
그리고 다른 사람의 시선에 자신을 맞추고 있다가
그것이 편해지기도 해.
나쁘다는 것을 알지만
특별히 눈에 보이는 피해가 없으니
또 모른 척 그렇게 살아가는 거지.

삶에 대한 목적과 의미를 찾을 때
삶에 대한 시선도 중요해.
타인을 저울질하듯
비뚤어진 시선으로 삶을 바라보고 있지는 않은지,
타인의 시선에 맞추느라
정작 중요한 건 보지 못하는 게 아닌지
몸의 자세를 생각하다 마음의 자세까지 생각하게 됐어.

어찌 보면 편한 게 좋은 것만은 아닌 것 같아.

왜 슬픈 예감은
틀린 적이 없나

마음이라는 것은 실체가 없어.
가슴 한구석에 꼭꼭 숨어 있어 확인하기도 어려워.
그럼에도 우리는 확인하려 애쓰곤 해.
사랑을 확인시켜 달라고, 믿음을 보여 달라며
떼를 써.

하지만 사랑이 식어가고 있음을,
믿음은 사라져버릴 단어일 뿐이라는 것을
우리는 그 사람의 눈을 보는 순간
이미 알아차렸을지도 몰라.

그렇게 눈빛에 담긴 마음이 보이는 순간
예감이 틀렸음을 간절히 기대해보지만
대부분의 슬픈 예감은 늘 그러하듯 틀린 적이 없어.

사랑이 눈에 보이고
슬픔이, 혹은 아픔이 눈에 보이는 순간처럼
실체가 없는 것들의 실체가 보이는 순간은
그 어느 때보다 명확하고 강력한 힘이 있어.
그래서 그 마음을 보는 일이, 또 그것을 보이는 일이
세상 어느 것보다 중요하지 않나 싶어.

마음을 보는 일이, 또 그것을 보이는 일이
세상 어느 것보다 중요하지 않을까.

모두 그렇게 하루의 시간만큼
변해가는 거겠죠

"어떻게 사랑이 변하니!"
라고 외치던 남자의 대사가 기억에 남는 영화가 있어.
주인공 남녀가 어쩌다 이별하게 됐는지
생각나지 않을 만큼 오래전에 봤던 영화지만
남자 주인공의 공허한 외침만은 선명하게 기억이 나.

어떻게 사랑이 변할 수 있는지
이해할 수 없던 때에 본 영화라서
그 대사가 인상 깊게 남았는지도 모르겠어.
그 시절의 나는 마음이란
사랑이든 우정이든 형태에 관계없이
변하면 안 되는 거라 믿었거든.
하지만 생각해보면 모든 것은 변하지.
영원할 것만 같은 사랑도 변하고
나이가 들면 외모도 변해.

의식하지 못하는 사이
좋아하는 음식이 바뀌고
삶에서 추구하는 가치도 변해.
그것 아니면 안 될 것 같은 일들이
그것이 아니어도 상관없는 일들로 바뀌는 거야.

삶에서 중요한 것들은

항상 변하기 마련이지.

때로는 변한다는 것이 쓸쓸하고 가슴 아프게 여겨지지만
삶에서 중요한 것들은 항상 변하기 마련이지.
그렇게 시간이 지남에 따라 변하는 것은 당연한 일이야.
그렇게 우린 하루의 시간만큼 변해가는 거야.

용기 더하기

시간의 물음 앞에 말문이 막힐 때가 있어.
한 해가 갈수록 더해지는 나이의 무게와 책임에
어깨가 무거워질 때면
'나는 지금 어디쯤 와 있을까?'
하고 시간은 답할 수 없는 질문을 던지는 것 같아.

질문에 대한 답을 찾기 위해 가만히 생각해보지만
작년과 다름없이 하는 일에 최고가 된 것도 아니고,
이제와 새로운 일에 도전하기에는
지나온 일 년의 시간만큼
두려워하는 내 모습을 확인할 뿐이야.

패기와 열정만으로 버텨보기엔
책임지고 지켜내야 할 것들이 많아져 순간 버겁다
느껴질 때가 있어.
하지만 그래도 그냥 참고 나아가는 수밖에 없지.
생각해보면 십 년 전 이맘때도, 작년 이맘때도 그랬어.
이 생각은 지금도, 아마 내년에도
그리고 몇 년의 시간이 흘러도
마찬가지가 아닐까 싶어.

이제는 시간이 흐르는 것을 지켜보는 일에도
용기가 필요한 것 같아.

항상 부족하고 모자란 것 같지만
그래도 예전의 그것과는 조금 다르니
괜찮다고 해야 할까.
그냥 부족한 듯 살아가다 보면
부족함을 채워가려는 기대감으로
용기 낼 수 있지 않을까.
이제는 패기나 열정보다는
자신에 대한 용기를 가져야 할 때인지도 모르겠어.

용기는
새로운 것에 도전할 때만 필요한 것인 줄 알았는데,
이제는 시간이 흐르는 것을 지켜보는 일에도
필요한 것 같아.

본다는 것

살아가는 데 필요한 많은 정보는 보는 것에서 얻어.
그만큼 보지 못한다는 것은 두려운 일이야.
그래서일까, 때로는 보이는 것이 전부라 믿으며 살아가.
보이는 것 이면의 많은 것들은 보지 못한 채 말이야.
그러면서도 자신의 모습은 보이는 대로가 아닌
마음의 눈으로 봐주기를 바라지.

눈으로 보지 않아도 볼 수 있는 것들이 있어.
그것은 그냥 보는 것보다 조금은 섬세한 일이지만
때론 그래서 더 많은 것을 볼 수도 있어.

대부분 자신에게 없는 것만 바라보며
그것을 채우는 것이 행복이라 믿고
아등바등 살아가.
하지만 부족한 것을 채우는 것만이 행복은 아닐 거야.
오히려 보이는 것에만 신경 쓰다
중요한 마음을 보지 못하는 것이,
바로 앞에 있는 행복을
발견하지 못하게 하는 것은 아닐까 싶어.

눈으로 보지 않아도 볼 수 있는 것들이 있어.
그냥 보는 것보다 조금은 섬세한 일이지만
때론 그래서 더 많은 것을 볼 수도 있지.

애써도 갈 수 없는 길

아무리 애를 써도 가지 못하는 길이 있어.
그 길은 온 힘을 다해도
신기하리만치 갈 수 없는 이유들이 생기지.
애써도 가지 못하는 그 길이 야속하고 때론 속상하지만
돌아보면 갈 수 없는 이유는 당연했고 너무도 많았어.
오히려 가지 못해 다행이다 싶을 때도 있지.

아무리 애를 써도 가지 못하는 길,
그 길은 그저 내 길이 아닌 거야.

삶에는 내가 할 수 없는 일이 있다는 걸,
애를 써도 안 되는 일이 있다는 걸,
그걸 인정하는 용기가 필요해.

때로 그런 용기가
새로운 길을 알려주는 이정표가 되기도 해.

삶에는 내가 할 수 없는 일이 있다는 걸,
애를 써도 안 되는 일이 있다는 걸,
그걸 인정하는 용기가 필요해.

너무 늦지 않았기를

마음에 외로움을 안고 살다 잠시 기댈 구석이 생기면
득달같이 달려들어 당연한 듯
기대어 쉬려고만 했어.

누군가의 마음에 나의 외로움이 더해져
무거운 짐이 될 수 있다는 생각을 하지 못한 채
그저 내 마음만 쉬기에 급급했지.

하지만 진정 나의 마음이
누군가의 곁에서 쉬어가려면
먼저 나의 곁을 내주어야 한다는 것을,
먼저 누군가의 외로움을 안아주어야 한다는 것을
이제는 알 것 같아.

진정 나의 마음이
누군가의 곁에서 쉬어가려면

먼저 나의 곁을 내주어야 해

단지 마음이
바쁠 뿐이었다는 걸

나에게 라오스는 도대체 이렇게나 할 일이 없는 곳이
있을까 싶은 곳이었어.

사람들은 유유자적 강변에 누워 맥주를 마시거나 일광욕을 즐
기고 있었고 주변에 있는 것이라곤 온통 산과 들과 강뿐이었지.
그런 환경에 좀처럼 익숙하지 않았던 터라 무엇을 해야 하나 계
속 두리번거리기만 했어. 어디를 가든 짬짬이 할 일들을 가방 가
득 짊어지고 다녔고 아무것도 하지 않는 시간이 오히려 불편했
거든. 그래서 그곳은 할 일이 없어 느긋하게 쉴 수 있는 편안한
공간이 아닌 오히려 불안하고 초조한 곳이었지.

정신없이 살다가도 계획하지 않았던 시간이
생기는 때가 있어.
어쩌다 생긴 하루 이틀의 시간이라든지,
빽빽한 일정 속에 예상치 않게 생긴 한두 시간의 여유라든지,
매일매일 야근이었는데 갑자기 일찍 퇴근하며 생긴
오후의 여유 같은 뜻밖의 시간 말이야.
이런 시간에 익숙한 사람이 몇이나 있을까.

항상 바라지만 계획하지 않은 시간의 여유는
무척이나 낯설게 느껴져.

채워가는 것처럼 비워내는 것도 중요하지.

여유 없다 느껴지는 마음의 바쁨도
어쩌면 버리지 못한 습관 같은 것 아닐까.

그렇지만 금방 지나가 버리는 순간의 여유라는 것을 알기에
어떻게든 알차게 보내려고 또 다른 할 일을 찾게 되지.
무엇을 해야 할까 안절부절 고민하다
그렇게 하루를 보내버리기도 해.
아무것도 하지 않으면 아무 일도 일어나지 않는 세상이니
어쩔 수 없이 드는 감정이고 습관처럼 드는 생각이겠지.
하지만 며칠 먹을 것을 줄이고 몸을 비워내면
오히려 쌓여 있던 노폐물이 빠져나가 건강에 도움이 되듯이
가득 차 있던 삶의 시간을 비워내는 일도 중요한 것 같아.

요즘엔 채워가는 것처럼 비워내는 것도
중요하다는 생각이 들어.
여유 없다 느껴지는 마음의 바쁨도
어쩌면 버리지 못한 습관 같은 것 아닐까.

계절이 품은 그리움

차가운 바람이 불어오는 계절이 되면
차라리 더운 여름이 낫다고 투덜거리곤 해.
하지만 막상 더운 여름이 오면
추운 날 유난히 맛있는 길거리 어묵의 따뜻함과
하얀 눈이 그리워지지.
낙엽 떨어지는 가을이 오면
새싹 돋아나는 봄이 생각나는 것처럼 말이야.

하지만 요즘의 겨울과 여름 사이의 봄은
움츠러든 몸과 마음을 기지개 켤 시간도 없이
금방 지나가버려.

이렇게 문득 지나간 계절의 어느 것들이
그리워질 때가 있어.
매년 물드는 단풍이고,
매년 피어나는 꽃이고,
매일 부는 바람인데
유독 한 계절이 지난 다음 생각나는 이유는
올해가 가고 내년이 오면 다시 볼 수 있더라도
지나버린 때와 같을 수는 없기 때문인지도 몰라.

그리고 그 계절을 함께 보낸 사람에 대한
그리움 때문일지도 모르겠어.

계절이 그리움을 품고 있는 것일까.

지금의 이 계절도 언젠가 계절 속에 담긴 추억과 함께
그리워지겠지.

그 계절을 함께 보낸 사람에 대한

그리움 때문일지도 모르겠어.

둘. 익숙한, 하지만 조금은 낯선

아무것도 아닌,
무심코 던진 말 한마디는
가슴이 아릿할 만큼 큰 위로가 되기도 하지.
그저 말 한마디면 충분할 때가 있어.

잘하고 싶은 마음

때로는 잘하고 싶다는
마음의 무게가 제일 힘들어.

어쩌면
그 안에 잘하고 싶지만 잘할 수 없을 거라는
자신을 믿지 못하는 마음이 숨어 있기 때문은 아닐까.

자신을 믿지 못하는 마음이
숨어 있기 때문은 아닐까.

사소하지만
사소하지 않은 것

마음이 복잡하고 싱숭생숭해질 때면 빨랫감을 찾아 세탁기에
넣어두고 청소를 해. 어지럽혀진 작업대와 책상 위를 정리하고
싱크대에 놓여 있는 접시를 닦는 거야. 설거지를 끝내고 청소기
까지 한바탕 돌리고 나면 어느새 빨래가 다 되어 있을 시간이지.
구겨진 옷을 탁탁 털어 널면 물기 가득 머금은 세제의 은은한 향
이 공간을 가득 채워.

그렇게 움직이고 나면
어느새 마음도 편안해지는 것 같아.
머릿속에 가득했던 생각들이 해결되진 않아도
착착 개어 서랍 안에 넣은 옷들처럼 정리되는 느낌이 들거든.

평범한 일상에 정성을 들이고 마음을 다하다 보면
사소하지만 결코 사소하지 않은 하루가 만들어져.
그렇게 하루를 만들어가는 건
비어 있던 마음 한켠을 채우는 일과도 같아.

때론 옆에 있었다는 것도 잊을 만큼 사소한 것들 속에서
마음의 위로를 받을 때가 있어.
그것은 매일 똑같은 일상의 움직임일 수도 있고
잠깐 나누는 누군가와의 인사일 수도 있어.

평범한 일상에 정성을 들이고 마음을 다하다 보면
사소하지만 결코 사소하지 않은 하루가 만들어지지.

그리고 계절의 변화 속에 불어오는 바람일 수도 있지.
대단하거나 거창한 무엇으로만
위로받을 수 있다고 생각하지만
돌아보면 나를 위로했던 것은
지극히 사소한 것들이 대부분이야.

물론 매일이 반복인 보통의 하루 속에서
그런 따뜻함을 느끼기란 쉬운 일이 아니야.
그럼에도 어렵지 않게 해낼 수 있는 하루가 되기를,
조금 더 예민하게 사소한 것들을 바라보고
그래서 어제와는 조금 다른 오늘이 되기를.
그런 오늘을 살아가는 내가 되기를 바래.

믹스커피 한 잔과
라면 한 봉지

몸이 힘들고 지치는 날이면 따뜻한 커피 한 잔이 간절해져.
갓 볶아 내린 향긋한 드립커피도 좋지만
그럴 때는 달짝지근한 믹스커피가 더 좋더라고.

그래서 여행을 떠날 때면 믹스커피 몇 봉지를 챙기곤 해.
가뜩이나 무거운 배낭에 짐을 더하는 것 같지만
그래도 포기할 수는 없어.
적당한 설탕의 단맛과 카페인이 몸 안에 퍼지면
여행이 주는 나른함에 빠져 있던 정신이 번쩍 제자리를 찾게 돼.

때로는 낯선 곳에서 마시는 믹스커피가
그곳의 낯섦을 잠시 잊게 만들어줘.
주변을 둘러봐도 온통 낯선 것투성이인 그곳에서
잠시 나를 이방인이 아니게 만들어주는 달콤한 맛이지.

낯선 곳에서 맛보는 라면의 맛도 그래.
낯선 곳의 음식에 도무지 익숙해지지 않아
낯선 곳이 더 낯설게 느껴질 때가 있거든.
그럴 때의 라면 한 봉지는
낯섦에 서걱거리는 입안을 편안함으로 바꿔주고
왠지 모르게 공허했던 배 속을 얼큰하게 채워주지.

너무 흔해서 귀한 줄 모르던 것들인데
쉽게 구할 수 없다고 생각하니 왠지 더욱 간절해져.

평소에는 몸에 좋지 않다는 이유로 혹은 이런저런 이유로
제대로 대우받지 못했던 것들인데
오히려 낯선 곳에서는 값비싼 그 어떤 음식보다 환영받으니
참 아이러니하지.
처한 환경에 따른 시선의 차이일까.
커피와 라면은 어느 곳에서나 똑같은 커피와 라면인데,
어떤 곳에서는 나의 마음을 위로해주는 값진 음식이 되고
어떤 곳에서는 좋지 않은 음식이 되니 말이야.

익숙함이 주는 편안함이 그렇지 않을까.
있는 줄도 모르다가 사라지면 간절히 생각나는
그런 익숙함 말이야.

있는 줄도 모르다가 사라지면

간절히 생각나는

그런 익숙함

오늘의 하늘은
어떤 색을 품고 있나요

계절과 계절 사이에는 다름이 있어.
누군가에게는 따뜻함이 누군가에게는 차가움일 수 있고
누군가에게는 설렘이 누군가에게는 아쉬움일 수 있거든.

그렇게 같은 시간을 살고 같은 풍경을 바라보지만,
마음에 무엇을 품고 있느냐에 따라 다른 풍경이 되지.
문득 창밖의 하늘을 바라보며
오늘의 하늘은 어떤 색일까 생각해봤어.
파란 하늘도 오늘의 마음에 따라 쓸쓸하게도,
더없이 맑게도 느껴질 수 있으니 말이야.

종종 어제는 좋았던 사람이 보기 싫을 만큼 미워지기도 하고,
오늘은 신나는 일이 내일은 하기 싫을 만큼 지루해지기도 해.
그것은 그 사람의 문제도 일의 문제도 아니야.
그저 내 마음이 그런 것뿐이지.

마음에 품은 감정이나 생각으로 바라보는 풍경이,
혹은 그 안에 있는 사람들의 모습이
사뭇 다르게 보이지는 않는지,
풍경과 사람을 보기 전에
오늘의 하늘을 먼저 봐야겠어.

오늘 당신의 하늘은
어떤 색을 품고 있나요?

의외의 순간

간판 없는 가게라는 이름과 어울리는 작은 선술집이 있어. 작기
는 해도 알음알음 알려져 주변에 단골도 많다고 하더니 자리를
잡고 앉아 몇 마디 나누는 틈에 앉을 자리 하나 없이 가득 찼지.

누가 알고 찾아올까 싶을 만큼 구석진 곳에 위치해 있어
아는 사람을 만날 거라는 생각은 하지 못했어.
그런 곳이었기에 우연히 마주친 반가운 얼굴은
오랜만이라는 반가움에 놀라움까지 더해져
기분을 들뜨게 만들었지.

도무지 만날 거라 생각하지 못했던 사람을
낯선 장소에서 우연히 만나게 되는 순간이 있어.
그럴 때면 전혀 예상하지 못한 놀라움과 반가움에
마음이 설레기까지 해.
그런 의외의 순간은 매일 똑같이 반복되던 일상에
깜짝 선물처럼 찾아오지.

살아가다 보면
어느 날 갑자기 생각지도 못한 선물 같은 순간들을 맞게 돼.
어쩌면 하나하나 말할 수 없을 만큼
너무나도 소소한 일들일지 몰라.

오늘도 그런 선물 같은 순간들이 가득한 하루가 됐으면,
또 그런 순간을 놓치지 않고 기뻐할 수 있는 사람이 됐으면

하지만 그것은 기쁨으로, 감동으로, 혹은 희망으로
마음을 설레게 해.
그래서 사는가보다 싶어.

별거 아닌 일들이지만 그런 의외의 순간들이
뜻밖의 선물처럼 찾아올 때가 있으니
조금은 힘에 부쳐도 또 그렇게 살 수 있는 것 같아.

오늘도 그런 선물 같은 순간들이 가득한 하루가 됐으면,
또 그런 순간을 놓치지 않고
기뻐할 수 있는 사람이 됐으면 좋겠어.

그저 말 한마디

엄마의 통화 소리가 들렸어.
누군가 아픈지 연신 걱정하는 소리였지.
말끝에
"우리 아이도 예전에 그래서 엄청 고생했어"
라고 하시는데
'우리 아이'라는 말 한마디에
갑자기 마음이 먹먹해졌어.

훌쩍 커버린 탓에
그런 소리를 들어본 지가 오래돼
어색했던 것이겠지만,
'우리 아이'라는 단어가 주는 느낌이
썩 나쁘지 않았거든.
갑자기 어린아이가 된 듯 투정부리고 싶기도 하고
'우리'라는 말에 새삼스럽게 마음이 아련해지기도 했어.

'우리'라는 말 속에는
외로운 이 길을 나와 함께 걸어가 줄 수 있는
사람이라는 뜻도
포함되어 있는 것이 아닐까 싶어.
그래서 쓸쓸했던 마음이

그저 말 한마디면

충분할 때가 있어.

'우리 아이'라고 무심코 뱉은 한마디에
따뜻해진 것은 아닐까.

아무것도 아닌, 무심코 툭 던진
말 한마디는
가슴이 아릿할 만큼 큰 위로가 되기도 하지.

그저 말 한마디면 충분할 때가 있어.

삶에 대한 경험이 많다는 것은,
나이가 들어감에 따라 생기는 지혜로움이 아닐까

알고 있지만
쉽게 하지 않는 것들

날씨 좋은 날 자전거 타는 걸 좋아해.

그런데 자전거를 타다 보면 자전거 도로와 인도가 제대로 분리되어 있지 않아 지나다니는 사람들에게 괜스레 미안한 마음이 생길 때가 있어. 하지만 몇 번을 자전거 따위는 안중에도 없는 사람들과 마주치다 보면 다시 '여긴 자전거 도로잖아! 제대로 좀 보고 다닐 수 없나' 하는 마음이 생기기도 하지.

운전을 할 때도 마찬가지야.

핸드폰을 본다거나 수다에 집중하느라 주변을 살피지 못하는 사람들의 모습을 흔히 볼 수 있어. 그래서 신호를 열심히 지켜도 위험해질 때가 있어. 그럴 때면 잘못한 것 없어도 단지 운전을 하고 있어서, 자전거를 타고 있어서 가해자가 된 것 같은 기분이 들어.

하지만 걸어 다닐 때는 또 다르지.

자전거를 타거나 운전할 때 느꼈던 감정은 어느새 잊고 나도 마찬가지로 주변을 그다지 살피지 않는 부주의한 보행자가 되곤 하니까. 그래도 한 번씩 운전을 하거나 자전거를 타면서 느끼는 불편함을 알기에 이제는 조금 더 주위를 살피려 노력하게 돼.

삶에 대한 경험이 많다는 것은,

다르게 말하면 나이가 들어감에 따라 생기는

'자신이 겪고 싶지 않은 일은
남에게도 하지 마라.'

누구나 알고 있지만 쉽게 실천하지 못하는 일.

지혜로움이 아닐까 싶어.
지금까지 몰랐던 일을 겪게 되면서
'하지 말아야겠다, 혹은 이렇게 바꿔야겠다'고 생각하는 것,
그런 마음이 생기는 것이
경험으로부터 오는 지혜가 아닐까 싶어.

스페인에서 우연히 만난 할아버지가
수첩 한 귀퉁이에 적어준 글귀가 있어.
'자신이 겪고 싶지 않은 일은 남에게도 하지 마라.'
누구나 알고 있지만 쉽게 실천하지 못하는 일이지.

나이가 든 사람들을 비하하는 말로 꼰대라 표현하기도 하는데
'나이가 많고 너보다 경험이 많으니 나는 널 무시해도 된다'
라는 태도를 가진 사람들을 두고 쓰는 말인 것 같아.

나이가 들어갈수록 그만큼 쌓인 경험으로
오히려 더 많은 사람을 이해할 수 있는 마음이
되어야 하지 않을까 싶어.

마음 운동

인생이 속도전은 아니라는 생각이 들어.
100미터 달리기 하듯 빨리 달려가 먼저 도착하는 것보다
오래 걸려도 꾸준히 나아갈 수 있는
지구력이 더 중요한 것 같아.

꾸준히 버텨낼 수 있는 마음을 가지려면
그만큼 튼튼해야 하지 않을까.
그러기 위해 마음의 근력을 키우는 일도 중요하지 않나 싶어.

좁은 매트 위에서 운동을 하다 보면
내 몸 하나 온전히 버티고 서 있기 힘들 때가 많아.
그래도 그렇게 하루하루 버티다 보면
어느새 생긴 근력으로 버티는 것이 쉬워지고
어려운 동작들에 도전할 수 있게 돼.

마음의 근력도 그렇게 키워지는 게 아닐까 싶어.
문득 너무 힘들어
마음 하나 버티고 서 있기도 힘들다 생각되지만
또 그렇게 버티다 보면
예전엔 힘들었던 일들이
더 이상 아무렇지도 않게 되는 순간이 오니까 말이야.

문득 너무 힘들어 마음 하나 버티고 서 있기도 힘들다 생각되지만
또 그렇게 버티다 보면
예전엔 힘들었던 일들이

더 이상 아무렇지도 않게 되는 순간이 오니까 말이야.

혼자여야 하는 시간

오롯이 혼자인 시간이 필요해.
다른 누구도 아닌
온전히 나만을 생각할 수 있는 시간 말이야.
혼자지만 혼자가 아닌 시간들은 너무나도 많거든.
그것은 외롭지만 또 외롭지 않은 것처럼
나의 마음을 속이기도 해.
또 그런 시간들은 어느 순간
실체가 없는 공허함이 되어 마음을 채우지.

소모된 감정의 에너지를
새롭게 채울 수 있는 시간이 필요한데,
그것은 오롯이 혼자일 때만
가능하다는 생각이 들어.

다른 사람의 눈으로 나를 바라보지 않고,
다른 사람의 마음에 나를 맞추지 않고,
내가 원하는 것만을 생각할 수 있는 시간.
그런 시간들은 온전히 나만이 줄 수 있는
선물이야.

다른 사람의 눈으로 나를 바라보지 않고,
다른 사람의 마음에 나를 맞추지 않고,

내가 원하는 것만을 생각할 수 있는 시간.

그저 지나가는 삶의
많은 순간들 중 하나

추웠던 겨울이 끝나갈 무렵
생각지 않게 오랜 시간을 병원에서 보내야 했어.
평소 잔병치레 하나 없이 튼튼했던 터라
갑작스레 시작된 병원생활이 무섭고 힘들었을 텐데
돌아보면 신기하게도 그런 기억은 많지 않아.

병원이란 곳이
생의 마지막을 보내고 있는 사람들을
워낙 많이 볼 수 있는 곳이니
나도 모르게 아픔에 대한 겸손함이 생겼던 게 아닐까 싶어.
마지막 순간 삶과 치열하게 싸우고 있는 사람들의 모습과
급작스러운 사고로 생과 사의 경계에 서게 된 사람들을 보는 것,
그리고 가족의 아픔으로 인해
가슴 찢어지는 고통을 겪는 모습들을 마주하면,
삶에 대해 그리고 사람에 대해 겸손한 마음이 생길 수밖에 없거든.

끝이 없는 아픔을 지닌 사람들이 있어.
그런 사람들 앞에서 언젠가는 끝날 아픔으로
당장의 삶이 끝난 것처럼 굴 수는 없어.
끝이 없는 아픔은 단순한 아픔이라기보다 그냥 삶이니까.

한 계절이 지나가듯
아픔도 지나가는 삶의 많은 순간 가운데 하나야.

아픔은 이겨내는 것이 아니라
그저 지나가는 순간에 느낄 수 있는 많은 것 중 하나인 것을
그렇게 알게 됐어.
그래서 어쩌면 그 순간의 아픔이, 고통이
기억나지 않을 정도로
작은 일이 됐는지도 모르겠어.

한 계절이 지나가듯
아픔도 지나가는 삶의 많은 순간 가운데 하나야.

지나갈 것 같지 않던 병원에서의 시간들도
벌써 십 년이 훌쩍 넘어 지난 이야기가 된 것처럼 말이야.
이제는 그 시간을 웃으며 추억할 수 있을 만큼
몸에 생긴 상처도 마음에 생긴 상처도 옅어졌어.

오늘의 아픔도 하루가 지나면 어제의 아픔이 되겠지.
그렇게 옅어지고 그렇게 지나가는 거야.

순간의 기록

거리를 걷다 보면 수많은 소리를 듣게 되지.
사람들의 이야기 소리, 바쁘게 지나가는 차들의 경적 소리….
걷고 있는 공간과 시간에 따라 다르지만
살아가는 소리들은
가라앉아 있던 마음에 활기를 더해주는 것 같아.

계절이 바뀔 때마다
혹은 아침, 저녁 시간의 흐름에 따라
들리는 소리에도 여러 가지가 있어.

매일 들려오는 익숙한 소리여서
무심히 지나쳐 버리기도 하지만
가만히 귀 기울여 보면
하나하나 이야기하고 있다는 것을 알 수 있어.
그렇게 계절이 변하고 있음을,
시간이 흐르고 있음을,
거리에 수많은 사람들이 살아가고 있음을
알 수 있어.
특별할 것 없지만 살아가고 있는 여러 가지 모습을 느낄 수 있는
기분 좋은 순간이야.

그것처럼 그림을 그리기 위해 주변을 관찰하다 보면
평소에는 보지 못했던 모습들을 발견하기도 하고,
그리고 있던 풍경, 사람, 사물에 애틋함마저 느끼게 돼.

특별하다는 건
마음 안에 풍경과 사람 그리고 사물이 들어와
자신만의 새로운 감정이 쌓이는 게 아닐까 싶어.
특별해서 그리는 것이 아니라 그리기 시작하니 특별해져.

풍경 속 나뭇가지의 흔들거림을 바라보며
나무의 소리를 들어보기도 하고,
사람을 그리며
그 사람의 마음을 바라보기도 해.
그러한 순간에 대한 기록은
마음이 담겨 그저 바라보는 것 이상의 특별함으로 남아.

평범한 것들이 특별해지는 것은
반드시 특별한 무엇이 있어서는 아닌 것 같아.

특별해서 그리는 것이 아니라 그리기 시작하니 특별해져.

말로 할 수 없는 것

말싸움엔 영 젬병이야.
살다 보면 생각지 않게 억울한 일이 생기기도 하고
언성을 높여야 할 일들도 생기지만,
그럴 때마다 머릿속은 하얗게 변하고
무슨 말을 어떻게 해야 할지 몰라
오히려 아무 말도 할 수 없게 되지.
그러고는 꼭 지나고 나서 하지 못한 말 때문에
후회하는 일을 반복해.

하지만 말로 다 할 수 있는 일이 얼마나 될까 싶어.
말로 한다고 다 전할 수 있는 것도,
말하지 않는다고 모르는 것도 아니니 말이야.

오히려 애쓰는 그 순간
불필요한 감정과 말이 뒤섞여
전하려던 말과 상관없는 말들을 내뱉게 돼.
그건 전하지 않은 것만 못한 마음이지.

살다 보면 굳이 알지 않아도 되는 일들이 있어.
안다고 바뀌는 것 없이 마음에 상처만 남는 진실 말이야.

말로 한다고 다 전할 수 있는 것도,
말하지 않는다고 모르는 것도 아니야.

덧없이 흘러가던 시간도
의미 없는 시간은 아니었음을

인생에는 간혹
아무도 해결해주지 못하는 일들이 있어.
그런 일들은 부모님도 친구도 누구의 도움도 받을 수 없고,
피하고 싶지만 피할 수도 없게
갑자기 들이닥치는 경우가 많아.

그것은 때로 삶을 통째로 흔들 만큼
엄청난 힘을 갖고 있어.
가끔은 굳이 겪지 않아도 되는 일처럼 보이고
그 시간이 덧없이 흘러가는 것만 같아 답답해지지.

삶을 흔드는 그것에
덩달아 흔들리지 않으려 애써보지만
그게 아직은 여의치가 않아.
버티고 버티다가 결국
흔들리는 자신을 바라보는 순간이
그래서 더 측은하고 애달프지.

하지만 그런 순간을 겪어내고 돌아보면
그 또한 살아가는 의미가 되어
지금 이 순간의 나를 버티게 해.

덧없이 흘러가는 것 같은 시간이라도
의미 없는 시간은 아니야.

따뜻한 봄이 오길 간절히 바라지만
이미 봄날의 한가운데 있었음을
아는 사람이 몇이나 될까.

단지 아직 꽃이 피지 않았을 뿐임을
지나는 그 시간에는 알 수가 없어.
덧없이 흘러가는 것 같은 시간이라도
의미 없는 시간은 아니야.
그 시간 속에서 어떤 모습으로든 치열하게 살아가고
또 그 시간만큼 단단해지니 말이야.

세상에서 가장 어려운
보통사람 되기

일정한 출퇴근 시간이 없는 나도
그런 시간에 버스나 지하철을 이용하는 날이 있어.
그럴 때면 그 시간에 움직이는 것이
왠지 사회에 큰 폐를 끼치는 일처럼 느껴지기도 해.
그만큼 도로와 대중교통 수단은 말 그대로 엄청나.
출퇴근을 위해 쏟아져나오는 어마어마한 사람들을 보면
그저 대단하다는 말밖에 나오지 않지.
어쩌다 겪게 되는 순간만으로도 이렇게 힘든 것을,
매일 경험하는 사람들이
그저 경이롭고 존경스러울 뿐이야.

그것이 많은 사람들이 보내는 보통의 아침과 저녁의 모습이야.
'보통'이라는 단어의 정의는
'특별하지 아니하고 흔히 볼 수 있어 평범한,
또는 뛰어나지도 열등하지도 아니한 중간 정도'라고 해.
그런데 매일 경이로울 정도로 엄청난 순간을 경험하는 것이
보통이라니
아이러니할 수밖에.

그렇게 그저 평범한 보통사람으로 사는 것이
세상에서 가장 어려운 일이 되어버렸어.

생각하는 보통의 수준이 보통이 아닌 건지,

보통만큼도 되기 힘든 세상인 건지.

그렇게 우리는 보통사람처럼 살기 위해

보통보다 더 많은 애를 쓰며 살아가는 것 같아.

무엇을 먹을지 결정하는 일이
하루 중 가장 큰 고민이라는 누군가의 말처럼
가장 쉬울 것 같아 보이는 보통의 일들이
가장 하기 어렵고,
오히려 힘든 일이라 생각되던 것들은
어느새 익숙해져 쉬워졌어.

꿈꾸던, 혹은 기대했던 보통의 모습이
이런 것이었나 싶을 때가 있어.
생각하는 보통의 수준이 보통이 아닌 건지,
보통만큼도 되기 힘든 세상인 건지는 모르겠어.

그렇게 우리는 보통사람처럼 살기 위해
보통보다 더 많은 애를 쓰며 살아가는 것 같아.

셋. 함께여서 다행이야

배려 없는 기쁨은 때로
상대에게 가시가 되어 남을 수 있어.
기쁨의 순간에도 작은 배려는 필요해.

부치지 못한 편지

내 편이 아무도 없다 느껴져 서럽게 울던 그 날,
너에게 듣고 싶었던 말이
"그래도 네가 나보다는 낫잖아"
라는 말은 아니었을 거야.
무슨 일이 있어도 너는 내 편일 거라는 것을,
외로웠던 그 밤 함께 속상해하고 마음 아파하는 누군가가 있음을,
그래서 외로워하지 않아도 됨을 확인받고 싶었을 뿐이었어.

속상한 마음에 쏟아내던 이야기들을
그저 들어주기만 해도 충분했던, 그것만으로도 괜찮았을 그 밤.
나의 힘듦이 너에겐 고작 아무것도 아닌
투정이 되어버린 것만 같아 나는 더 서러웠어.

너를 보며 너무 힘든 사람은 되지 말자 싶었어.
가진 상처가 너무 아파 다른 사람의 아픔이, 힘듦이
가볍다 여겨지는 그런 사람은 되지 말자 했어.

이제 와 생각하니 그런 위로의 말밖에 전할 수 없는
너의 마음이 한편 안쓰러워.
이제는 더 이상 너의 삶이 얼마나 힘든지 알 수 없지만
그저 그 힘든 짐을 조금은 내려놓았길 바랄 뿐이야.

가진 상처가 너무 아파 다른 사람의 아픔이, 힘듦이
가볍다 여겨지는 그런 사람은 되지 말자 했어.

마음을 이야기한다는 건

모든 관계는 말로 시작돼.
자신의 마음을 말하고
그 마음을 듣는 순간이 필요해.

너무나 사소한 순간이지만
그런 사소함조차 허락되지 않는다면
그 이유가 무엇이건 간에 인연은 이어질 수 없어.

그렇게 인연은 특별할 것 없는
말 한마디로 만들어지고
어이없을 만큼 사소한 것으로
끊어지기도 해.

인연이라는 것이 따로 있을까.
그저 서로의 사소한 순간을 들여다보고
그것들이 쌓이고 쌓여 만들어지는 것이
인연이야.

서로의 사소한 순간을 들여다보고
그것들이 쌓이고 쌓여 만들어지는 것이 인연이야.

삶의 빈자리를
채우는 밤

마음이 텅 빈 것 같았어.
무엇으로도 채울 수 없을 것 같은 공허함이었지만
그것이 꼭 비어 있어서가 아니라
해결할 수 없는 많은 감정과 생각으로
가득 차 있어서임을 알기에
버릴 수 있다면 버리고 싶었어.

무언가를 버리기에 적당한 곳은 살고 있는 곳에서 먼 곳이 아닐
까 싶어 간 곳이 제주도였어.

바다 건너에 있다는 이유로 날씨도 풍경도 사뭇 달랐던 제주도
는 그런 면에서 적당했어. 길가에서 마주한 풀을 뜯고 있는 말들
의 모습이나, 바다를 배경으로 여유를 느낄 수 있는 시간까지 내
가 사는 곳의 풍경과는 사뭇 다른 모습이었거든.

매일 마주하는 풍경과 다른 풍경들은
마음에 새로운 활력을 주기도 해.
낯선 풍경이 주는 설렘이 가라앉아 있던 마음을 들뜨게 하고,
그런 마음은 비로소 주변의 것들로 눈을 돌릴 수 있게 하지.

그런 제주도의 어느 숙소에서는 밤이 되면 다양한 이유로 찾아

매일 마주하는 풍경과 다른 풍경들은

마음에 새로운 활력을 주기도 해.

든 사람들이 한자리에 모여 한 잔의 막걸리와 함께 각자의 이야기를 풀어놓는 시간이 있었어. 어디에 살고 무슨 일을 하는 사람인지와 같은 그저 평범한 대화를 이어나가거나 여행에 관한 이야기를 하기도 했지. 하루를 묵고 떠나는 사람도 있고 이미 오랜 시간 머물러 있던 사람도 있었어.

나이가 다르고 하는 일이 다르고 여행의 목적이 다른 사람들은 제주도가 주는 낭만 때문인지 막걸리로 들뜬 기분 탓인지 속에 있던 마음을 쉽게 털어 놓았어. 내일이면 떠날 거라는 이별의 마음을 품고 있기에 더 쉬운 일이었는지도 몰라. 그런 시간을 보내고 나면 새벽이 다가오는 것이, 다음날의 헤어짐이 아쉬워져. 그것은 어쩌면 예정된 이별이기에 더 애틋했는지도 몰라.

한 잔 두 잔 막걸리를 비워내듯
마음을 비우고
비어 있는 잔을 채우듯
그렇게 마음의 빈자리를 채웠던 것 같아.

살다 보면 그게 누구든 사람으로 힘든 순간이 가장 많고
그만큼 마음에 큰 상처를 남기기도 하지만,
또 그것을 견뎌낼 수 있게 하는 것도 사람이야.

시간이 지나도
변하지 않는 것

친하다는 말이 참 허무하게 느껴지는 때가 있어.
한때 친했지만 이런저런 서로의 사정으로 보지 못하게 되고
심지어 연락처가 저장되어 있음에도
더 이상 연락해야 할 이유를 찾지 못하기도 해.
서로의 고민을 나누며 위로하던 때도 있었지만
이제는 그저 오래전의 빛바랜 추억일 뿐이지.

지금 이 순간 친하다고 해서
그 친함이 영원히 지속될 수는 없어.
오늘 가장 친하다 했던 친구가 시간이 흐르면
다른 사람으로 바뀔 수도,
서로의 사정으로 멀어지게 될 수도 있으니까.
변함이 당연하다는 것을 알지 못했을 때는
이런 관계의 허무함이
온전히 나 때문인 것 같아 마음이 무겁고,
관계들 속에서 벌어지는 끊임없는 밀고 당기기를
이해하기 힘들었어.

이렇듯 사람들과 관계 맺고, 헤어지기를 반복하면서
단지 '친하다'는 말로 전부 담을 수 없는 사람들이
새삼스레 소중하게 느껴져.

세월이 흘러도 변하지 않는 것들은
그만큼의 변하지 않는 힘이 있어.

당장의 내 모든 것을 알지 못한다 해도
존재만으로도 힘이 되는 사람들 말이야.

존재만으로도 힘이 된다는 것은
함께한 수많은 시간과 이야기가 쌓여 만들어진
믿음 때문일 거야.
그런 믿음 때문일까.
굳이 많은 말을 하지 않아도 괜찮고,
툭 하고 내뱉은 무심한 말 한마디에 진심이 전해져 와.

이 순간
그런 사람들의 투박하지만 따뜻한 말 한마디가 그리워지는 것은,
시간이 지나고 세월이 흘러도 변하지 않는 것들에 대한
그리움 때문일 거야.

세월이 흘러도 변하지 않는 것들은
그만큼의 변하지 않는 힘이 있어.

오해라는 이름의 매듭

오해는 종종 얼굴 없는 대화 속에서 생겨나.
한 번 생겨난 오해는
나를 본래의 모습과 다른 모습으로 만들어버리거나
한 적 없는 이야기 속 주인공으로 만들기도 해.
때로 이렇게 알 수 없이 생겨난 오해는
이해할 이유조차 없애버려.

오해와 이해는 고작 한 조각 차이일 뿐인데,
그 간극은 눈앞에 두고도 넘을 수 없는 국경처럼
안쓰럽고 안타까워.

시간이 흘러 오해로 인해 날 선 감정이 무뎌지게 되더라도
이미 풀어내지 못한 매듭이 뒤엉켜
싹둑 잘라버리는 방법밖에 없을지도 몰라.

오해로 인해 이해하지 못하게 되는 순간이,
그래서 얼음처럼 차갑게 얼어버린 그 마음이
나는 제일 무섭게 느껴져.

오해로 인해 이해하지 못하게 되는 순간이,
그래서 얼음처럼 차갑게 얼어버린 그 마음이
나는 제일 무섭게 느껴져.

기쁨의 순간에도 누군가에 대한
작은 배려는 필요하다

초등학교 입학과 동시에 적어도 12년간은 세상이 정해 놓은 틀 안
에서 삶을 결정하며 살아가. 초등학교, 중학교, 고등학교, 그리고
많은 사람들이 대학교에 입학하는 것으로 삶의 방향을 정하지.

그 안에서 자신이 무엇을 원하는지에 대한 고민의 순간은
적을 수밖에 없어.
고등학교 졸업과 동시에 우리는
여태껏 하지 않았던 고민들을 하게 되고,
그러면서 항상 함께할 거라 생각했던 사람들과
조금은 다른 길을 선택하기도 해.

누구는 자신이 원하는 길을 찾아가기도 하고
또 누군가는 찾지 못해 헤매기도 해.
그렇게 시간의 격차는 벌어지고
이 세상에는 많은 길이 존재한다는 것을 새삼 깨닫게 돼.

이렇게 예상치 못한 어긋남들을 경험하다 보면
문득 당황스럽고 민망한 순간들이 찾아올 때가 있어.
나는 했지만 너는 아직 경험하지 못한 순간,
나는 아직도 헤매고 있지만
너는 찾아서 앞으로 나아가고 있음을

배려 없는 기쁨은 때로 상대에게 가시가 되어 남을 수 있어.

기쁨의 순간에도 작은 배려는 필요해.

보게 되는 순간들 말이야.

그것은 차마 말로 하지 못해
마음 깊이 감춰둘 수밖에 없는 당혹스러운 감정을
마주하게 되는 순간이기도 해.
다행히 그런 순간이 영원히 지속되지는 않지만
언제든, 누구에게나 찾아올 수 있어.

다른 이와 조금 다른 시간 속에 찾아온 기쁨에는
배려가 필요하지.
그것은 당신과 나의 시간이 조금 다를 뿐이니
조금 늦어도 괜찮다 말하는 것이기도 해.

배려 없는 기쁨은 때로 상대에게 가시가 되어 남을 수 있어.
기쁨의 순간에도 작은 배려는 필요해.

우연한 인생

살다 보면 우연이 만들어내는 것들이 있어.
때로는 그것이 모여 전부를 이루기도 하지.

만남이 그렇고,
삶을 둘러싸고 있는 많은 것들이 그래.
우연이 겹쳐 그렇게 만나고 그런 우연에 둘러싸여
삶이 채워지지.

그렇다고 그런 우연이 쉽게 오는 것도 아니야.
누군가를 만나기 위해서는
엄청나게 많은 시간의 엇갈림과 삶의 방향이 있어야 해.

그래서 그런 우연이,
그 우연이 만든 전부가 소중할 수밖에 없어.

살다 보면 우연이 만들어내는 것들이 있어.

때로는 그것이 모여 전부를 이루기도 하지.

이해한다는 건

무던한 사람이면 좋겠어.
예민하게 굴 것 없이 무던히 넘어갈 수 있는 사람이면
좋겠다 싶어.
모든 사람에겐 그럴 만한 각자의 이유가 있지 않나.
그것이 핑계일지라도
세상이 무너질 만큼 큰일이 아닌 이상
어지간하면 그렇게 넘어갈 수 있잖아.
그렇게 넘어가면 어느새 그럴 수도 있겠다 이해가 되고,
이해한 만큼 마음이 가벼워져.

예전에는 이까짓 일로 화가 났었지 생각하면,
또 그만큼 자란 것 같아 뿌듯해지고 기분이 좋아
어깨에 잔뜩 힘이 들어가기도 해.

누군가를 향해 날 선 마음이 생길 때 그럴 수 있지 하며
한숨 고를 수 있는 여유가 생긴다는 것.
그렇게 누군가를 이해하는 마음이 생긴다는 건,
그런 마음이 될 수 있다는 건
꽤나 신나는 일이야.

누군가를 이해하는 마음이 생긴다는 건,
그런 마음이 될 수 있다는 건

패나 신나는 일이야.

그럼에도

세상에는 할 수 없는 일들이 너무 많아.
시간이 없고,
나이가 많아서,
혹은 이러저러한 삶의 무게와 형편으로
할 수 없는 것들이 너무나 많아.

여러 가지 일들에 할 수 없는 이유를 찾기는 쉽지만
그럼에도 해야 하는 이유를 찾기는 쉽지 않지.

할 수 없는 이유는 많지만
그럼에도 해야 하는 이유를 찾는 것,
그렇게 한 번 용기를 내보는 것.

그게 사랑이지 않을까.

그렇게 한 번 용기를 내보는 것.
그게 사랑이지 않을까

믿음이라는 선물

'믿는다'라는 말은 듣기 좋은 말이야.
누군가 나를 믿어 준다는 것에
그만큼 든든한 후원자가 생긴 것 같아 뿌듯하기도 해.
그래서 나는 '믿는다'라는 소리도 좋고
그 말에 힘을 얻어.
때론 그 믿음 때문에 더 열심히 살아가기도 하고
좋은 사람이 되려고 최선을 다하기도 해.

하지만 종종 믿음이라는 말이 가진
또 다른 얼굴을 보게 될 때가 있어.
'믿는다'라는 말로 포장된 자신의 잣대에
상대방을 가둬놓고
그 울타리에서 벗어난 행동을 하면
실망이라는 말로 도장 찍어 버릴 때가 있거든.
그럴 때면 도대체 무엇을 믿는다는 소리였을까
반문하게 되지.

사람은 한 겹 두 겹으로는 알 수 없을 만큼
무수히 많은 모습을 가지고 있고,
또 여러 상황과 생각들로 매 순간 변해.

믿음은 주는 것이지
받는 것이 아닐 테니까.

그런 틈에
"내가 너를 믿으니 너는 이렇게 해야 해"
라는 자신의 잣대를 들이대는 것은
우스울 만큼 부질없는 짓이야.

믿음이라는 건
서로가 보여주는 행동과 태도로 쌓아가는 것이겠지만
그것이 내가 생각한 모습이 아닐지라도
기다려주는 인내가 필요해.

믿음은 주는 것이지 받는 것이 아닐 테니까.

한여름의 파도

인연이란 무엇일까.
사람과 사람 사이에 맺어지는 관계인데
그 인연이라는 것이
좋기도 하고 슬프기도 하고 때론 무섭기까지 해.
하지만 그것이 어떠한 것이든
단호한 마음을 갖기란 무척 힘든 일이야.
그렇게 끊어내지 못한 인연의 고리는
때로 해소하지 못한 감정의 찌꺼기가 되어
마음을 힘들게 할 때도 있어.

나를 둘러싸고 있는 인연의 끈이
모두 같은 길이일 수 없고,
그 끈의 생김 또한 누군가는 튼튼하고 정갈하지만
누군가는 낡고 썩은 끈일 수 있다는 생각이 들어.

살다 보면 참 신기하다 싶을 만큼 더도 덜도 없이,
그것이 나에게 좋은 것이든 좋지 않은 것이든
어느 정도의 역할만 충실히 하고 사라져버리는 인연이 있어.
그런 인연은 붙잡으려 노력해도 잡히지 않는,
어쩌면 붙잡으려 할수록 더 많은 상처만 남기는
인연이야.

나를 둘러싸고 있는 인연의 끈이

모두 같은 길이일 수 없고,

그 끈의 생김 또한 누군가는 튼튼하고 정갈하지만

누군가는 낡고 썩은 끈일 수 있다는 생각이 들어.

그것은 마치 한여름의 파도와 같아.
들이치는 파도에
몸이 흠뻑 젖는 줄도 모를 만큼 신이 나지만
파도가 휩쓸고 지나간 자리는
외롭게 느껴지는 것처럼 말이야.

그럼에도 그렇게 왔다가 가버리는 파도를
붙잡을 수도,
왜 그냥 가버리느냐고 투정을 부릴 수도 없듯이
그런 인연의 자리도 마찬가지야.

그저 딱 그만큼의 사람이었던 거지.

함께하지 않아도
행복할 수 있다는 걸

세상에는 맞지 않는 톱니바퀴 같은 관계들이 있어.

그런 관계는 서로 부딪치면 덜커덕 소리를 내며
제대로 돌아가지 않아.
억지로 맞추려 애쓰다 보면 결국
부서져버리기 일쑤지.
그런 톱니바퀴 같은 관계가 그저 한 번 스쳐가는
인연일 수도 있고,
연인, 친구, 부부, 가족과 같은 이름으로 묶인
인연일 수도 있어.

그것이 무엇이든 정의 내린 관계 때문에
억지로 노력하면서 사는 게 과연 옳은 일일까.

이해되지 않아도 받아들여지지 않아도
애써 이해하고 억지로 받아들이다 보면
언젠가는 행복해질 수 있다고 믿기도 했어.
하지만 애쓰던 마음이 지치기 시작하는 순간
사랑의 마음도 돌이킬 수 없을 만큼 아픈 상처가 되어
서로를 향해 날을 세우게 돼.

관계도 조금은 떨어져 바라보면
오히려 여러 감정에 휩싸여 보이지 않던 것들이 보여.

규정된 관계 때문에,
혹은 함께하지 않으면 행복할 수 없을 것만 같은
마음의 집착 때문에
억지로 붙들고 있다 보면
상한 마음은 더욱 돌이킬 수 없는 지경에
이르게 될 수도 있어.

맞지 않는 톱니바퀴는
풀어내 서로 맞는 톱니바퀴를 찾아
잘 돌아갈 수 있도록 해야 해.
서로 함께 맞물릴 수는 없지만
각자의 자리에서 잘 돌아갈 수 있다면
그것이 훨씬 좋은 일일 거야.

관계도 조금은 떨어져 바라보면
오히려 여러 감정에 휩싸여 보이지 않던 것들이 보여.
상처줬던 표정이, 날카로웠던 말투가
어쩌면 안쓰러워 보일 수도 있고,
시간이 지나 그럴 수밖에 없던 그 사람의 마음을
이해하게 될 수도 있어.

그러면 알게 돼.

그 사람이 나쁜 것도 내가 잘못한 것도 아니라는 것을.

그저 우리는 서로 맞지 않는 관계일

뿐이었다는 것을 말이야.

마음을 대하는 태도

편해지면 함부로 대한다고 말하는 사람이 있었어.
편하다는 말과 함부로 대한다는 말의 뜻을
모르나 싶을 만큼
당당한 태도여서 놀라기도 했지.
하지만 생각해보면 그 사람만 그런 건 아니야.
의외로 편하다는 것과 함부로 대하는 것의 의미를
혼동하는 사람이 많아.

누군가에게 마음을 주었다는 것이
그 마음을 담보로
뭐는 해도 되는 권리나 특권을
함께 주었다는 것은 아니지만,
그럼에도 편하다는 이유로
혹은 무엇이든 다 받아줄 것만 같아서
아무렇지도 않게 툭 상대방의 마음을 함부로
대하는 것을 볼 수 있지.
마음을 대하는 태도를 살펴보면
그 사람의 깊숙한 곳을 볼 수 있어.

진심을 담보로 그것이 권리인 줄
착각하는 사람인지

마음을 대하는 태도는
자신의 삶을 대하는 태도와 닮아 있지.

아니면 그 마음이 오기까지
얼마나 힘든 시간을 보냈는지
생각할 수 있는 사람인지 말이야.

그러면 알게 돼.
과연 그 사람이 자신에게 얼마나 소중한 사람인지 아닌지.
마음을 대하는 태도는
자신의 삶을 대하는 태도와 닮아 있거든.

누군가의 마음을 함부로 대하는 사람은
자신의 삶도 함부로 대할 수 있는 사람이야.

너는 그런 사람이고
나는 이런 사람이다

사람을 대할 때나 바라볼 때
가장 중요하게 보는 것 중 하나가 마음결이야.
분명 모든 사람의 마음결이 같을 수는 없어서
그 결의 방향이
나와 비슷한 사람도 있고 다른 사람도 있어.

비슷하다 생각했다가도
문득 그 마음결이 다르다 느껴질 때면
한순간 서운해지지만
너는 그런 사람이고 나는 이런 사람인 거라는 생각에
또 이렇게 알아가는구나 싶기도 해.

서로 다른 실이 서로 다른 방향으로 엮여
튼튼한 옷 한 벌이 만들어지듯이
그렇게 우리는 모두 다른 모습으로
마음결을 맞춰가며 살아가지.

간혹 맞지 않는 결로 인해
올이 풀리기도 하고
처음부터 다시 실을 꿰어야 하는 일도 있지만
그러면 또 그런 방식으로 이어나가면 되는 거야.

너는 그런 사람이고 나는 이런 사람인 거라는 생각에
또 이렇게 알아가는구나.

서로가 다른 사람이니
내가 보지 못한 또 다른 세상을 보여주기도 하고,
그렇게 서로가 발견하지 못한 세상의 많은 것을
나누며 살아가면 돼.

너와 나 사이의 공간

사람마다 서로 공감할 수 있는
이야기의 종류와 깊이가 달라.
그래서 아무리 친한 사이라도
모든 것을 함께 나누기는 힘들지.

친하면 사소한 것 하나까지 이해하고
나눌 수 있어야 한다고 생각했지만
어느 순간부터 서로가 다름을 인정하고
받아들이는 것 역시
중요하다는 생각으로 바뀌었어.
그래야만 오랫동안 함께할 수 있는 것 같아.

아끼는 사람일수록 바로 옆자리에 두기보다
앞에 놓인 테이블 하나 정도의 공간을 두고
바라보는 것이
오히려 마음과 마음의 거리를 좁혀주기도 해.

아끼는 사람일수록 바로 옆자리에 두기보다
앞에 놓인 테이블 하나 정도의 공간을 두고 바라보는 것이
오히려 마음과 마음의 거리를 좁혀주기도 해.

마음을 들여다본다는 건

누군가의 마음을 확인한다는 것은
동시에 날카로운 송곳 끝으로
자신의 마음을 겨누고 있는 것과 같아.

때로 누군가의 마음을 들여다보는 일은
그만큼의 용기가 있어야 가능한 일이야.

때로 누군가의 마음을 들여다보는 일은
그만큼의 용기가 있어야
가능한 일이야.

헤어짐이 감당할 수 있는
정도의 크기라면

아무런 흔적 없이
헤어지기 전과 같은 일상을 보낼 수 있는 순간이
얼마나 있을까.
셀 수 없이 많은 헤어짐을 경험하지만
헤어짐은 매번 처음인 것처럼
그렇게 또 다른 마음의 먹먹함을 남겨.

헤어짐이 감당할 수 있는 정도의 크기라면
사랑했던 마음의 무게도 그만큼 가벼웠던 것이겠지.
사랑했던 마음의 무게만큼 아픈 것이 이별이기에
헤어짐의 순간이 이렇게 힘든 걸 거야.

한때는 가득 차 있던 마음의 빈자리를 바라보며
이제 무엇으로 채워야 하나 안절부절못하는 내 모습에
참 많이 사랑했구나 깨닫게 돼.

모든 중요한 순간은 그렇게 아쉬움을 남기고 미련을 남겨.
그리고 그 순간의 중요함은
빈자리를 바라봐야만 알게 되는 것 같아.

그냥 그런 걸 알게 되는 순간이 있어.

모든 중요한 순간은 그렇게 아쉬움을 남기고 미련을 남겨.
그리고 그 순간의 중요함은
빈자리를 바라봐야만 알게 되는 것 같아.

그냥 그런 걸 알게 되는 순간이 있어.

아직은 서툰 인생

시작의 순간은 누구나 서툴러.
나이가 많다고 모든 순간에 능수능란한 것도 아니고
경험이 많다고 해서 또 다른 시작이 익숙한 것도 아니야.

시작은 서툴지.
누구를 만나든, 무슨 일을 하든, 어느 곳을 가든
모두 그렇게 서툴게 시작해.
잘 해보고 싶은 마음은 한가득이지만
그 마음에 조급해져 실수할 때도 많아.
모두 그렇게 서툴게 시작해.

그래서 모두가 아프고 상처도 받는 것 같아.
그저 힘들지 않은 척 연기하거나
때로는 아픔에 무뎌져 알아채지 못하는 것뿐이야.
그러니 아직도 그런다고 자신을 탓할 것도,
아직도 이러냐고 누구를 면박줄 것도 없어.

처음은 누구나 서투니까 말이야.

그러니 시작의 순간에 드는 걱정과 불안함은 질끈 눈 감고
모른 척해도 괜찮지 않을까 싶어.

누구를 만나든, 무슨 일을 하든, 어느 곳을 가든
모두 그렇게 서툴게 시작해.
그러니 시작의 순간에 드는 걱정과 불안함은 질끈 눈 감고,
모른 척해도 괜찮지 않을까.

달팽이 속도

프랑스의 생 장 피에 드 포르라는 곳에서부터 스페인의 산티아고
까지 800킬로미터의 길을 한 달 동안 걸었어. 스페인 북부의 작
은 마을들을 거쳐 가는 그 길은 인적이 드문 산길이 대부분인데
걷다 보면 매일 한 번씩 혹은 몇 번씩 작고 검은 달팽이와 마주치
곤 해. 발이 아예 없거나 너무 많은 생물들을 극도로 싫어하지만
홀로 걷는 길이 외로워 그런지 아니면 매일 보게 되니 익숙해져
그런지 반가운 마음뿐 아니라 심지어 눈에 띄지 않을 만큼 더디
게 움직이는 그 작은 생명체가 왠지 귀여워 보이기까지 했다니까.
매일 앞만 보며 걸음을 재촉하는 그 길 위에 움직이는지조차 알
아채지 못할 만큼 느린 달팽이라니 언뜻 어울리지 않는 것도 같
지만 어쩌면 그래서 더 어울리지 않나 싶어. 800킬로미터의 길을
한 달 동안 걸어가려는 내가 달팽이와 뭐가 다를까 싶더라고.

종일 걷는 것 말고는 집중할 일이 없어서인지 같은 길을 걷는 사
람들의 모습이 눈에 들어왔어. 오롯이 걸어만 가는 사람, 자전거
를 타고 가는 사람, 반려동물과 함께 걷는 사람, 말을 타고 가는
사람도 있었어. 짊어지고 가는 짐의 모양도 제각각, 신발도 제각
각이야. 어떤 이는 오랜 걸음에 지쳐 힘겨워하지만 어떤 이는 아
무리 걸어도 지치는 법 없이 유유자적하지. 그렇게 가는 모양새
에 따라 하루의 속도도 하루의 모양도 제각각이야.

그 길 위에서 누가 빠르고 느린지는 그다지 중요하지 않았어.

그저 각자가 갈 수 있는 만큼의 길을

각자의 속도로 걸을 뿐이야.

자칫 욕심을 내서

자신이 갈 수 있는 것보다

더 많이, 더 빠르게 가려고 하다 보면

무리가 되어 다음 날엔 걷기 힘들어지기도 해.

그러니 더욱이 자신의 속도대로 가는 것이

중요할 수밖에 없어.

인생의 길을 걷는 것도 마찬가지가 아닐까.

그저 나의 모습 그대로 내가 갈 수 있는 만큼 가면 되는데,

뒤돌아볼 새 없이 앞만 보며 걷다 보니

나보다 앞서가는 이의 뒷모습만을 바라보게 되고,

그래서 왠지 뒤처지는 것만 같아.

눈에 보이지 않을 만큼 느린 속도로 움직이는 달팽이도

자신이 갈 수 있는 만큼 최선을 다해 움직이고 있어.

그저 그렇게 달팽이의 속도로 가고 있을 뿐이지.

그것처럼 우리는 각자의 속도로 그만큼씩만 가면 돼.

눈에 보이지 않을 만큼 느린 속도로 움직이는 달팽이도
자신이 갈 수 있는 만큼 최선을 다해 움직이고 있어.

그저 그렇게 달팽이의 속도로 가고 있을 뿐이지.

우리도 각자의 속도로 그만큼씩만 가면 돼.

마음의 움직임도 마찬가지야.
상황에 따라 성격에 따라
어떤 이는 마음을 열고 정리하는 데 빠르지만
누군가는 자신의 마음을 깨닫는 데도
오래 걸리는 사람이 있어.
함께 걸어가는 길이니
어느 정도의 속도는 맞춰야 하는 것이 맞지만
그 안에서 각자의 속도는 그렇게 다르지.

보기엔 한없이 느려 보일지라도
그저 제 속도로 나아가는 달팽이처럼
우리는 그저 각자의 속도로
최선을 다해 나아가고 있는 거야.

당신 덕분에

내가 원하는 모습과 남이 바라는 모습 사이에서
고민할 때가 있어.
누군가의 아들, 딸이고, 친구이고, 형제이기 때문에
내 삶을 결정해야 하는 순간에 말이야.

선택의 과정에서 누군가를 생각하는 것도 좋지만
'누구를 위해, 혹은 누군가 때문에'라는 생각은 위험해.
내가 아닌 누구 때문에 하게 된 일은,
결국 '누구 때문에 이렇게 됐는데'라는 원망 섞인 감정으로
바뀔 수 있어.
그리고 모르는 사이 상대방에게 내 인생에 대한 책임을 지우게 되지.

누구 때문에 어떤 선택을 할지라도
그것을 선택한 것은 결국 자신이기에
그 누군가는 결과에 대한 책임을 지지 않아.
아니, 질 수 없어.

이제는 '당신 때문에'라는 말로 계획되는 삶이 아니라
'당신 덕분에'라고 말할 수 있는 삶이면 좋겠어.
남이 바라는 모습이 아닌
내가 원하는 모습으로 살아가는 삶이면 좋겠어.

'당신 덕분에'라고 말할 수 있는 삶이면 좋겠어.
내가 원하는 모습으로 살아가는 삶이면 좋겠어.

조금은 손해여도
괜찮은 일

시간이 흐를수록 마음을 다해 관계 맺는다는 것이
어렵게 느껴져.
있는 그대로의 모습으로 다가가면 좋지 않을까
생각해보지만
어느 순간 왠지 손해 보는 것 같아
다시 잔뜩 웅크린 채 주변을 살피게 되니 말이야.
하지만 그럼에도 항상 들키는 자신이
한심할 때가 대부분이야.

여행 중에는 무엇이든 쉽게 할 수 있을 것 같은
자신감이 생겨서일까
아니면 여러 가지를 생각하지 않아도 되기 때문일까.
관계 속에서 자신의 모습을 여과 없이 보여주고,
도움을 주거나 받는 것에 인색하지 않아.

어차피 모든 것이 낯선 곳이기에
생길 수 있는 특별함일 수도 있겠지만,
그런 특별함이 무엇과도 바꿀 수 없이
크게 느껴지는 이유는
도움을 주더라도
그것을 돌려받기를 바라지 않기 때문일 거야.

어쩌면 들키면서 사는 것이
내보일 마음 한 자락 없이 사는 것보다는 낫지 않을까.

떠나면 다시 만날 수 있을 거라 기약할 수 없으니
물론 돌려받기를 바랄 수도 없지.
그럼에도 줄 수 있는 낯선 이의 따뜻한 마음은
지친 여행을 외롭지 않게 하고
계속 나아갈 수 있는 용기를 줘.

우연히 보게 된 낯선 이의 친절한 인사 한마디가
나의 마음에 힘을 주듯이
그저 그렇게 먼저 손을 내밀어도 괜찮지 않을까
싶은 용기도 덩달아 생겨.
마음을 들키면서 사는 것이 손해인 것 같지만
누군가 나처럼 그 마음에 용기 낼 수 있다는 생각을 하니
그저 마냥 손해 보는 일만은 아닌 것 같아.

어쩌면 들키면서 사는 것이
내보일 마음 한 자락 없이 사는 것보다는 낫지 않을까.

나와 함께 걷는 사람

혼자 일을 하다 보면
문득 세상에 나만 남겨진 것 같은
이상한 고립감, 외로움이 생길 때가 있어.
그럴 때면 시답잖은 농담 따먹기라도 할 수 있는
누군가가 간절해져.

많은 사람들이 시간도 자유롭게 쓰고 하고 싶은 일을 하니
얼마나 좋겠나 하지만,
세상 어떤 일이든 장단점이 있듯이
덮어놓고 마냥 좋을 수만은 없어.
이런 생각은 추워지는 계절이면 더해지지.

연말에 갖는 보통의 회식자리가 부러워질 때쯤
간간이 이런저런 모임들이 생겨.

혼자 일하는 사람들이 모여 있는 곳이고
얼굴보다는 그림이 낯익은 사람들이 모인 자리라
막상 만나도 이야기 나누는 것이 어색하고 쉽지는 않아.
하지만 눈에 익은 그림에 아는 척 반가워하다 보면
어느새 웃음소리가 새어 나오고
'우린 한편이야' 같은 동질감이 생겨나.

혼자라고만 생각했는데
돌아보니 함께 걷는 사람들이 많았다는 것을 깨닫는 순간
차갑게 느껴지던 겨울바람도 왠지 **따뜻**하게 느껴져.

"작업실은 어디에요?"
라는 질문으로 시작한 이야기는
서로의 외로움에 대해 공감하며,
일어나고 잠드는 시간까지 닮아 있음을 알게 되지.
그렇게 닮아 있는 서로의 모습을 보며
'나만 이렇게 사는 건 아니구나' 하는 생각에
안도감이 들기도 해.

문득, 나에게도 있었으면 좋겠다 생각했던
'동료', '같은 길을 걷는 사람들'이
지금껏 만나지 못했을 뿐
이미 옆에 있었다는 생각이 들었어.
같은 외로움을 느끼고 한 번쯤은 해봤던
혹은 지금도 하고 있는 고민을
비슷하게 하고 있는 사람들 말이야.

혼자라고만 생각했는데
돌아보니 함께 걷는 사람들이 많았다는 것을 깨닫는 순간
차갑게 느껴지던 겨울바람도 왠지 따뜻하게 느껴져.

그리고 조금 더 씩씩하게 걸을 수 있는 힘이 생기지.

넷. 잠시 멈춰야 하는 이유

삶에도 조금은 멀찍이 떨어져서 바라보는 시간이 필요해.
지금 자신을 채우고 있는 색이 무엇인지,
혹시 불필요한 선으로 종이를 채우듯
빡빡하게 채워만 가고 있는 것은 아닌지
알아차릴 시간이 필요해.

시작의 이유

미뤄뒀던 여행을 시작했어.
하던 일을 잠시 멈추고 떠나기 위해서는
그 만큼을 내려놓아야 하는 결심과 용기가 필요하지.

한 해 한 해를 보내며 알게 되는 것 중 하나는
졸업만 하면, 스무 살, 서른 살이 되면
뭐든지 자유롭게 할 수 있을 것 같다고 생각하지만
오히려 더 힘들어진다는 거야.

누가 그렇게 살라고 했던 것도 아닌데
'자유롭고 싶다'는 말이 저절로 나올 만큼
떠날 수 없는 이유들이 늘어가지.
그런데 그런 것들이 늘어갈수록
오히려 떠나고 싶다는 마음이 더 간절해졌어.
훌쩍 떠나도 아쉬울 것 없던 때에는
거들떠보지도 않던 일인데 말이야.
그때는 '언젠가는 할 수 있겠지'라고 막연하게 생각했던 것 같아.

그렇게 한 달여를 동남아시아의 어느 나라에서 보냈고,
50일 동안 유럽의 어느 길을 걸었어.

자유롭다는 것은,
그래서 느낄 수 있는 마음의 여유는
오히려 손에 쥐려 하지 않을 때
느낄 수 있어.

많은 것을 멈추고 떠난 것이니 다시 돌아온 뒤에
수습해야 할 일은 그만큼 쌓여 있겠지.
하지만 그럼에도 떠났던 그 순간의 결심이 있었기 때문에
돌아온 뒤 더 많은 것을 할 수 있을 거라는
확신이 생겼던 것 같아.
손에 쥐고 있는 것을 놓칠까 전전긍긍하지만
한 숨 크게 쉬고 놓아버리면
쥐고 있던 그것들이 별것 아니었다는 것을 알게 돼.

자유롭다는 것은, 그래서 느낄 수 있는 마음의 여유는
오히려 손에 쥐려 하지 않을 때 느낄 수 있어.

그것은 시간이 많다고, 돈이 많다고 해서 느낄 수 있는 여유와는
사뭇 다른 것 같아.
나를 가득 채웠던 것들을 덜어내고 얻어낸 마음의 깊이고
지금까지 알지 못했던 새로운 순간과의 만남이야.

마음속 작은 틈을
발견하는 순간

그림을 그리다 보면
나도 모르게 종이에 코를 박고 묘사하는 것에만
집중하는 순간이 있어.
하지만 그런 시간에만 힘을 쓰다 보면
전체적인 균형은 깨져버리지.
그래서 조금 멀찍이 떨어져서 바라보는 것이 필요해.
멀리서 바라보는 순간 채워 넣어야 할 부분,
지워내야 할 부분들이 보이거든.
그리고 끝내야 할 순간도 명확하게 보여.

하지만 너무 오랜 시간 공을 들이다보면
멀리서 바라보기가 두려워져.
오랜 시간을 쏟았는데 혹시나 이상한 형태가 되어 있진 않을까
이것이 그림 안에 어우러지지 않아 지워버려야 하는 건 아닐까
하는 두려운 마음에
애써 모른 척 지나치고 싶어지기도 하지.

그런데 신기한 건 그런 마음이 들 때
멀리서 바라보면 어김없이 지워야 할 것들이 보인다는 거야.
알고는 있었지만 정성을 들인 시간 때문에,
그래서 드는 안타까움에 붙들고 있던 것들이 보이는 거지.

삶에도 조금은 멀찍이 떨어져서 바라보는 시간이 필요해.
지금 자신을 채우고 있는 색이 무엇인지,
혹시 불필요한 선으로 종이를 채우듯
빡빡하게 채워만 가고 있는 것은 아닌지
알아차릴 시간이 필요해.

그 시간은 인생에 생긴 작은 틈 같아.

그 틈으로 인해 당장 무너질까 두려워
외면하고 싶기도 하지만
정작 마주하고 보면 작은 틈으로 인해
인생이 무너지는 일은 없어.
오히려 그 틈으로 숨을 쉬게 될 수도 있지.

일과 일 사이의 틈,
시간과 시간 사이의 틈,
만남과 만남 사이의 틈.

이제는 그 틈을 위해 사는 것 같기도 해.

일과 일 사이의 **틈**,
시간과 시간 사이의 **틈**,
만남과 만남 사이의 **틈**.

그 틈으로 숨을 쉬게 될 수도 있어

마음을 나눌
누군가 있다는 것

여행을 하다 보면
혼자 보기 아까운 장면들과 마주하게 돼.
그것이 풍경이 됐든, 태어나 처음 맛보는 음식이 됐든,
혼자 누리기엔 아까운 모습들이야.
그럴 때면 함께하고 싶은 사람들이 떠올라.
편하게 만날 수 있을 때는 느끼지 못했던
짠한 그리움이 사무치기도 해.

혼자 보내는 시간이 필요해 떠나는지도 모르지만
여행의 설렘이 지나고
문득 짙은 외로움과 마주하게 되는 순간,
함께하고 싶은 누군가 떠오르면
당장이라도 걸음을 멈추고 싶을 만큼 왠지 서글퍼져.

그래서 여행 기간 동안 추억을 담은 그림엽서를 보냈어.
도시마다 우체국을 찾느라 고생하기도 했지만
그 간절한 발걸음까지도 전달되길 바랐던 것 같아.

즐거움을, 기쁨을, 마음을 함께 나눌 누군가가 있다는 것은
여행을 기억하는 가장 행복한 방법이 아닐까 싶어.
그것은 삶을 기억하는 가장 행복한 방법이기도 해.

즐거움을, 기쁨을, 마음을
함께 나눌 누군가가 있다는 것은
삶을 기억하는 가장 행복한 방법이기도 해.

느린 여행

시간은 돈이니
이동 시간은 무조건 줄이는 게 좋다고 말하던 친구가 있었어.
그래서 무조건 비행기는 직항,
정차역 없이 빠르게 달리는 기차,
걷는 것보다는 택시를 타는 것이 좋다고 했지.

물론, 시간은 돈이야.
어쩌면 돈보다 더 귀하지.
돈은 없으면 벌면 되고 남으면 저축하면 되지만
시간은 그럴 수가 없으니 고약하기까지 해.
특히나 요즘처럼 시간이 빠르게 지나간다
느껴지는 때는 더욱 그렇지.
그래서 친구의 말에 고개를 끄덕이기도 했어.

시간은 돈인데 정작 돈 주고는 살 수가 없어.
그러기에 하루 스물네 시간이 모자랄 만큼
치열하게 살고 있는 건지도 몰라.
여행을 떠나 한정된 시간 안에 되도록 많은 것을 보려면
빨리빨리 움직여야 하는 게 맞을 수도 있어.

하지만 그럼에도 조금은 느리게,

조금은 느리게,
덜 보더라도 천천히 가고 싶어.

덜 보더라도 천천히 가고 싶어.

여행은 기다림의 연속이야.
떠나는 날을 기다리고,
이동할 차편을 기다리고,
보고 싶은 풍경을 기다리고,
떠나며 잠시 이별한 사람들과 다시 만날 순간을 기다리지.

그렇게 천천히 눈앞을 스쳐 가는 풍경을 바라보는 일과
많은 것들을 기다리는 시간은
머릿속에 흩어져 있던 생각의 조각들을
가지런히 정리하는 데 도움을 줘.
그러니 너무 빠르게보다는
조금은 천천히 여유를 부려보는 것도 좋겠어.

시간이 돈인 여행은 너무 팍팍하잖아.
이미 시간이 돈인 세상을 살아가고 있는데
여행만큼은 시간에 쫓기기보다
그저 흘러가는 대로 누릴 수 있었으면 좋겠어.
그렇게 시간이 단지 시간인 여행이었으면 좋겠어.

도착하기 위해서만
걷는 것은 아닙니다

스페인의 까미노는
종교적인 이유로 혹은 개인적인 이유로
그 길을 걷기 위해 전 세계에서 많은 사람들이 오는 곳이야.
누군가는 도착이 목적이고
또 다른 누군가는 자신을 발견하기 위한 목적으로
걷지.

물론 내가 그곳을 걸었던 이유는
종교적인 이유도, 자신을 발견하기 위한 것도 아니었어.

그저 걷고 나서 무언가 달라졌다는 사람이 많으니
나도 마찬가지이지 않을까 기대했던 것 같기도 하고,
과연 무사히 도착할 수 있을까 하는
자신에 대한 시험이었던 것 같기도 해.

시작의 순간이 어쨌든 분명한 건
도착했던 순간의 기쁨은 예상과 사뭇 달랐다는 거야.
도착의 순간도 그저 매일의 걸음 중 하루였어.
도착했다 해서 걸음이 끝난 것도 아니고
특별히 걷기 전과 달라진 것도 없었어.
단지 그곳에 왔다는 것뿐이었어.

그럼에도 기뻤던 이유는
길을 걷는 동안 바라본 풍경과 사람들이
있었기 때문일 거야.
걸었기 때문에 볼 수 있었던 풍경과
만날 수 있었던 사람들이 있어
그 길이 즐거울 수 있었어.

한 걸음씩 걷는 동안 보게 되는 것들이 있어.
중간중간 이 정도까지 했는데
그만 멈출까 하며 수없이 타협을 시도하는
나의 모습을 발견하지.
그럼에도 끝까지 가보자 용기 내는 모습이
스스로 기특하기도 하고,
혹은 힘들어하는 나를 다독여주는
함께 걷는 사람들 덕분에
다시 힘을 내기도 했어.

걷는 중간 마시는 물 한 모금의 시원함이나
하루만큼의 걸음 속에서 보게 되는 풍경,
그 끝에서 만나게 되는 뿌듯함은
걷기 전에는 느낄 수 없는 또 다른 감동과 뿌듯함이야.

도착의 순간도 그저 매일의 걸음 중 하루였어.

도착하기 위해서만 걷는 것은 아니야.

삶도 마찬가지가 아닐까.
목적을 이루기 위해 사는 것이 아니라
그것을 이뤄가는 과정 안에서 보게 되는 것들을 통해
삶의 여러 가지 의미를 찾게 될 수도 있어.

무언가를 해냈을 때의 성취감도 있지만
무언가를 시작했다는 것만으로도,
어딘가를 향해 가고 있다는 것만으로도
충분한 설렘이 있어.

도착하기 위해서만 걷는 것은 아니야.

다시라는 말의 설렘

여행을 마치고 돌아오면
'언제나 다시 하면 잘할 수 있을 텐데'
하는 아쉬운 마음이 남아.
시간을 돌릴 수 있다면
그때보다는 좀 더 잘할 수 있지 않을까 싶기도 해.

만남도 그렇지.
이별 후에는 언제나 다시 그 순간으로 돌아가면
그러지 않을 텐데 하는
미련이 남아.

하지만 그 끝에 오는 생각은
다시 돌아간다고 해서 과연 달라질까 하는 물음이야.
그 시절의 나는 그렇게 할 수밖에 없었을 테니까.
아마 다시 돌아간다 해도 같은 선택을 하게 될 것 같아.
아쉬움은 미련을 남기지만
미련은 때론 다시 시작할 수 있는 설렘을 주지.

그런 설렘을 안고
예전보다는 조금 더 나아진 모습을 기대하며
그렇게 다시 시작하곤 해.

아쉬움은 미련을 남기지만

미련은 때론 다시 시작할 수 있는 설렘을 주지.

다시 한번 힘을 내서 해보자 마음먹는 일이
꼭 거창한 무엇으로만 되는 것은 아니야.
그저 매일 해오던 어떤 것,
매일 보는 사람들의 평범한 한마디,
그런 것들로 힘을 얻게도 해.

그렇듯 인생의 고비를 넘기는 순간도
굳이 히말라야나 에베레스트를 오르는 것과 같은
큰 각오나 남다른 결심이
필요한 건 아닐 수도 있어.

인생의 길을 걷는다는 것

세상에는 많은 길이 있어.
천천히 가도 괜찮은 길, 빨리 달려가야만 하는 길,
끝을 알 수 없게 먼 길, 가다 보면 막혀 있어 돌아 나와야 하는 길,
여러 갈래 중 하나를 선택해야 하는 갈림길도 있지.

길 위에서는 그동안 보지 못했던 것을 보기도 하고,
작은 돌멩이 하나 미처 보지 못해 넘어지기도 해.
예상치 않게 누군가의 도움을 받을 수도 있고,
반대로 누군가를 도와줄 수도 있어.

수많은 길 중에 가야 할 길을 찾지 못해 헤맬지라도
천천히 찾아가면 돼.
어두워 어느 것 하나 보이지 않아도 기다리다 보면
익숙해져 또 어느새 걸어가게 돼.

걸어가고 있는 이 길 끝에 무엇이 있는지
도착하기 전까지는 아무도 알지 못해.
그래서 세상 모든 길에 정답은 없어.

그저 지금 이 순간 한 걸음, 한 걸음
걷고 있다는 것이 중요하지.

그저 지금 이 순간

한 걸음, 한 걸음

걷고 있다는 것이 중요하지.

별은 우리의 마음속에
있었던 건지도 몰라요

별이 보고 싶었어.
어느 곳에선가 하늘에서 쏟아질 듯 가득했던 별을 본 뒤로
꼭 다시 보고 싶다 생각했어.
라오스 북쪽 마을에 별이 많다는 이야기를
책에서 읽은 기억이 있어
예정에 없던 길을 나섰어.

한눈에도 마을 전체가 보일 만큼 작은 곳이기에 몇 번만 왔다
갔다 해도 오늘 온 여행자가 누군지, 오래 머문 여행자가 누군지
알 수 있는 곳이야. 그곳에서 몇 명의 한국인 여행자를 만났어.
하루 이틀 먼저 와 있는 사람도 있었고 늦게 온 사람도 있었지.
오래간만에 본 같은 나라에서 온 사람들이라는 동질감 때문인
지 왠지 모르게 더 반가웠던 것 같아.

그중에는 이제껏 꾸준히 많은 여행을 한 사람도 있고, 배낭여행
이 처음인 사람도 있었어. 여행이 처음인 사람들은 많은 시간 여
행했던 다른 이의 경험에 부러움 섞인 질문을 쏟아냈어. 하지만
여행에서 누리는 경험의 몫은 오롯이 자신만의 것이기에 누구의
길도 부러워할 필요가 없다는 것을 서로의 이야기 속에서 발견
하기도 했지.

나의 길이 모두에게 좋은 길일 수 없듯이,
누군가에게는 좋은 길이 나에게는 맞지 않을 수 있어.

어디를 가나 낯선 곳이고 처음 보는 곳인데
몇 번을 여행했는지는 중요한 것이 아닌 것 같아.
어디를 가느냐보다 누구와 함께 있고 그곳에서 무엇을 보느냐가
중요한 것 아닐까.

그렇게 각자의 삶에서 어떤 답을 찾기 위해
혹은 질문거리를 찾기 위해
떠나는 것인지도 몰라.

그 밤 기대했던 만큼 많은 별을 볼 수는 없었지만
그 별은 이미 우리의 마음 안에 있음을,
어쩌면 그것을 보기 위해
멀리 돌아온 것일 수도 있겠다는 생각이 들었어.

나의 길이 모두에게 좋은 길일 수 없듯이,
누군가에게는 좋은 길이 나에게는 맞지 않을 수 있어.

사막에선 하늘의 별을 보고 길을 찾는다고 해.
사막 같은 인생에서 나를 이끌어줄 별을 찾기 위해
만나고 떠나고 또 그렇게 살아가는 것 같아.

떠나야만 알 수 있는 것

아침에 일어나 지쳐 잠들 때까지
그림만 그리는 날들이 있어.
그럴 때면 눈뜨자마자 책상 앞에 앉아
꼬박 하루 종일을 그렇게 보내.

정신없는 하루하루를 보내다
갑작스레 고요해진 일상을 마주하면
그 후에 오는 공허함을 견디는 일 또한 만만치 않아.
그렇게 생겨버린 시간을 어떻게 써야 할지 생각하다
그동안 만나지 못했던 친구들에게 연락해보지만
갑자기 시간을 내줄 한 사람 찾기도 힘들어.

그런 어느 날
바쁘기 전 잠시 다녀왔던 여행의 사진들을 꺼내 보았어.
반복되는 일상과 일에 지쳤던 마음이
그런저런 추억으로 다시 기운을 내지.

여행은 지나간 시간을 추억하고
또 이 순간이 지난 뒤 추억할 것들을 만드는 일이야.
그래서 내친김에 다음 여행도 생각해봤어.
마음속으로 망설이던 여행이지만

여행은 지나간 시간을 추억하고
또 이 순간이 지난 뒤 추억할 것들을
만드는 일이지.

온종일 일에만 시달리는 몇 주를 보내고 나니
망설임 따위는 찾아볼 수 없고,
당연히 떠나야만 하는 일이 됐어.

출발까지 시간이 많이 남았지만
하나둘 준비할 것들이 생각나
지쳤던 마음이 다시 소란스러워져.
이래서 여행을 떠나나 싶어.
텔레비전 속 그 많은 여행 프로그램이 이래서 생기나 싶어.

다람쥐 쳇바퀴 돌 듯 매일매일 반복되는 지루한 일상에서
떠나기 전의 설렘과 돌아온 후의 아련함은
마음에 큰 위로와 버틸 힘을 주는 것 같아.
그건 떠나야만 알 수 있는 거야.

봄은 온다

프랑스에서 스페인까지 800킬로미터의 길을 걸으며
세상 가장 힘들다 싶은 길이 있었어.
오랜 시간 걸은 뒤에 찾아오는,
도착하기 바로 전 얼마 동안의 길 말이야.

잠에서 깬 순간부터 몇 시간을 걸었으니 체력이 바닥나
더 이상 걸을 힘도 없지만
눈앞에 희미하게 보이는 도착지점 때문에
편히 쉬기도 어려워.

보이니 바로 도착할까 싶기도 한데,
또 그만큼 느려진 걸음 탓인지
아니면 보이는 것보다 많이 남은 거리 때문인지
쉽게 갈 수도 없어.

지겹도록 추운 겨울을 지날 때면
과연 봄이 올까 싶어.
때늦은 꽃샘추위에 온몸이 덜덜 떨릴 때면
이래서 언제 새싹이 돋고 꽃이 필까 싶기도 해.

하지만 그렇게 하루만큼 견뎌내다 보면

하루하루 살아가다 보면
어느새 활짝 핀 꽃처럼
우리네 봄도 그렇게 오는 듯해.

어느새 불어오는 따뜻한 바람에
기다리다 지친 마음이 녹아내려.
그렇게 나도 모르는 새 피어버린 봄꽃에, 햇살에
다시 한번 봄이 왔구나 생각해.

우리네 봄도 그렇게 오지 않나.

곧 올 것 같지만 그만큼의 뜸을 들여
얄밉기도 하고 포기하고도 싶지만,
하루하루 살아가다 보면 어느새 활짝 핀 꽃처럼
우리네 봄도 그렇게 오는가 싶어.

지금 가는 이 길이 너무 힘들어 쓰러질 것 같다면
어쩌면 인생의 새로운 한 계절이
다가오려 하기 때문인지도 몰라.

천천히, 하나씩
그렇게 사는 것

예전에는 꿈이란 게 직업과 같은 것이라고 생각했어.
그래서 꿈이 뭐냐 물으면 언젠가는 선생님이었고 디자이너였으
며, 또 언젠가는 애니메이션 제작자이기도 했지. 무엇을 해야 할
지 모르던 때는 그저 안정된 직장에 다니는 사람이었으면 좋겠
다 싶었고, 그냥 빨리 결혼이라도 했으면 좋겠다고도 생각했어.
그러면 뭐라도 한 것처럼은 보이지 않을까 싶었거든.

그렇게 여기저기를 기웃거렸어.
그러면서 무엇에도 자리 잡지 못하는 내가
불안했고 그래서 흔들렸어.
직업이 무엇이든 그것은 단지 삶을 영위하기 위한
하나의 수단일 뿐인데
수단이 인생의 목표가 되어버리니
매 순간 흔들리는 것은 당연한 일이었지.

포르투갈의 수도 리스본에 머무를 때,
지나가는 트램을 보고 그림을 그렸어.
몇 년 전인가 사진 속 트램을 그리며
언젠가는 실제로 보고 그리고 싶다 생각한 적이 있었는데,
직접 보고, 타고, 그리기까지 하니
예전의 생각들이 어렴풋이 떠오르더라고.

하나씩 무언가를 이루며 살아가는 것도
그다지 나쁘지는 않겠다 싶어.

꿈이라는 건 그런 것이 아닐까.
거창한 목표가 꿈이 될 수도 있지만
별것 아니어도 이렇게 하나씩 무언가를
이루며 살아가는 것도
그다지 나쁘지는 않겠다 싶어.

너무 앞만 보며 달려가지도,
무언가에 끌려가지도 말자는 생각이 들어.
이렇게 하나씩, 너무나 사소하지만
그 순간 나에게는 최고인 그런 것들을
이루며 살아가면 어떨까.

그렇게 하나씩 이루며 살아가다 보면
시간이 흐른 뒤 나는 그만큼 단단해지고
그만큼 누구에게도 아닌 스스로에게 자랑스럽지 않을까.

어느 정도 나이가 들면 꿈꾸는 것 자체를 어려워하고
꿈이 무엇인지 묻지도 않게 되는 것 같아.
'이 나이에 무슨'이라는 이유로
새로운 것을 시작하기 두려워해.

그런데 꿈이라는 것이
나이가 어린 사람들만의 특권은 아니잖아.
누구나 아무것도 결정되지 않은 미래를
앞에 두고 있어.
그러니 오히려 많은 경험이 켜켜이 쌓인
그런 나이에 꾸는 꿈이
더 구체적이지 않을까.

이제는 꿈이 뭐냐 물으면
천천히 하나씩 이루며 사는 것이라 대답하고 싶어.

많은 경험이 켜켜이 쌓인 그런 나이에 꾸는 꿈이
더 구체적이지 않을까.

이제는 꿈이 뭐냐 물으면
천천히 하나씩 이루며 사는 것이라 대답할 거야.

행복에게 말 걸기

다시 설렐 것 같지 않던 마음이 두근거려.
누군가를 만났다거나
특별히 좋은 일이 생긴 것도 아닌데 말이야.

그저 어딘가로 향하는 지하철에서 읽은
책의 한 구절 때문에,
오래된 친구를 만나러 가는 그 길이 반가워서,
어제보다 공들여 꾸민 내 모습이 마음에 들어서,
귀에 꽂힌 이어폰으로 흘러나오는 음악이 좋아서…

그렇게 마음이 움직여.
그렇게 어제와 다른 기분에
마음이 한껏 들뜨고 또 행복해져.

행복은 자주 들여다봐야 해.
자꾸 꺼내보고 말을 걸어야 해.
그래야 잊지 않아.

나는 행복하지 않은 순간이 한순간도 없었다는 것을.

행복은 자주 들여다봐야 해.
자꾸 꺼내보고 말을 걸어야 해.
그래야 잊지 않아.

나는 행복하지 않은 순간이
한순간도 없었다는 것을.

모든 것이 끝나고 난 뒤

여행에서 돌아왔어.
매번 그렇듯 아쉽기도 하지만
또 매번 그렇듯 가슴 한구석에
그만큼의 추억과 사람과 장소가 남았어.

한 번의 여행으로 삶이 달라지지는 않아.
하지만 한 번이 두 번으로 이어져
쌓이고 겹쳐지는 순간,
그 순간의 나를 돌아보는 것은
또 다른 새로운 발견인 것 같아.

이렇게 모든 것이 끝난 뒤에 발견하게 되는 것은,
약간의 아쉬움과 감정의 들뜸에
너무나도 쉽게 사로잡힌 마음에 대한 후회,
그리고 그럼에도 그 순간 최선을 다해
행복했다는 사실에 대한
토닥임 같은 거야.

끝나보면 알 수 있어.
감정의 거품이 걷히고 난 뒤 바닥에 남겨진
마음의 잔여물에서

그렇게 모든 것은 끝나고 난 뒤에

발견하게 되는 것들이 있어.

그것이 진짜였는지 가짜였는지를.

그렇게 모든 것은 끝나고 난 뒤에
발견하게 되는 것들이 있어.

한 걸음
더하기 한 걸음

조금만 걸어도 숨이 턱까지 차오르고
다리에 힘이 풀려 한 걸음 내딛는 것이 힘들었어.
그런데 그렇게 하루가 이틀이 되고
그만큼의 체력이 길러져
적게는 20킬로미터, 많게는 40킬로미터의 거리를
걸을 수 있게 됐지.

그렇게 매일 걸으며 드는 생각은
웬일인지 목적지만 보며 걸으면 더 힘에 부친다는 거였어.
언제 도착할까, 얼마나 남았을까 시계를 들여다볼수록
계속 제자리걸음인 것만 같아 까마득하기만 했어.
그냥 주변의 풍경을 바라보고
함께 걷는 사람들과 인사하다 보면
어느새 도착해 있는 것을,
목적지만 생각하다 보면 노심초사 여유 따위 부릴 틈이 없어.

출발했으면 목적지가 어디든 언젠가는
도착하기 마련이야.
그 길이 얼마나 힘든 길인지 또 얼마나 남았는지만 생각하면
그저 고된 길이 될 수밖에 없어.

그저 한 걸음에 한 걸음만 더하면 되는데
걱정에 걱정을 더하다
주변의 것들을 보지 못하고 놓쳐버리지.

목표나 꿈을 위해 앞으로 달려가지만
멀리 있는 그것만 보고 가다 보면
정작 지금 내 앞에 있는 작지만 소중한 것들은 보지 못해.

너무 앞만 보며 달려가지 않아도,
조금은 여유를 가지고 걸어가도 괜찮아.
어쩌면 목표를 이루는 것보다 더 중요한 무언가가
지금 내 앞에 있을지도 모르니까.

그저 한 걸음에 한 걸음만 더하면 되는데
걱정에 걱정을 더하다 주변의 것들을
보지 못하고 놓쳐버리지.

행복의 속도

행복한 순간은
다른 어떤 것보다 빠르게 지나가버려.
반면 힘든 순간은
언제 지나가나 싶게 지루하고 더디게 느껴져.

아무리 시계를 쳐다봐도
시간이 흘러가는 바늘의 속도는 똑같은데
왜 내가 행복한 순간의 시간만
유독 빠른 건지 모르겠어.

지금 이 순간 나의 시간은
어떤 속도로 지나고 있을까.
찬란한 봄의 기운을 느끼기 무섭게
더운 여름이 다가오듯
그렇게 아무것도 느끼지 못한 채
지나쳐버리고 있는 것은 아닐까.

그저 흘러가게 두면
남는 건 제대로 행복하지 못했던 것에 대한
아쉬움뿐일 테니,
지나는 이 계절 나는 행복해야겠다.

그저 흘러가게 두면
남는 건 제대로 행복하지 못했던 것에 대한 아쉬움뿐일 테니,

지나는 이 계절 나는 행복해야겠다.

위로가 되는 그림을 그리는 사람이 되고 싶다는 생각을 해.
누군가의 마음에 따뜻한 쉼이 될 수 있는 그림을
그리는 사람이었으면 좋겠어.

설령 나의 그림이, 나의 글이 위로가 되지 않더라도
그저 보는 동안만이라도 편해질 수 있다면
그것만으로도 괜찮은 것 같아.

"언제나 마음 깊이 응원합니다."